小野寺の弟・小野寺の姉

西田征史

幻冬舎文庫

小野寺の弟・小野寺の姉

目次

第一章　「歯に挟まってるから、とうもろこし」

姉に殺意を抱いたことが、これまでに三度ある。

幼稚園児だった俺に、唐辛子を『かりんとうのようなもの』だと勧め、齧《かじ》らせたあの日が一度目。姉自身、口にふくみ酷《ひど》い目にあったのだろう。同じ苦しみを弟にも味わわせることで、やり場のない怒りを消し去りたかったに違いない。

二度目の殺意は小四の春休み。宝物にしていたブーメランを勝手に持ち出された挙句、「失《な》くしてきちった」とおどけたカミングアウトを受けたあの時。そして、それを責めた俺に「投げたのに戻ってこないなんて、あんたのブーメランがひねくれてるからでしょ」と開き直られた瞬間が三度目。

あれが姉に抱いた最後の殺意だとすると、かれこれ二十年以上は穏やかに暮らしてきたことになるのか……。ふと、過去に思いを巡らせて、しみじみ桃に齧りついた。

熟《う》れた桃は丸齧りする。それが小野寺家の習慣。果物ナイフでくるりと切れ目を入れ、あとは手で皮を剝《む》く。ぺろんと剝ける感触を充分楽しんだ後、じゅぶりと齧りつくのだ。皿を洗うのが面倒なので、流し台に前のめりの体勢で立ったまま食す。これは俺だけの習慣。

西日が入る台所は、夏の間むあんと熱気に包まれている。息を吸い込むと、生ぬるい空気と共に甘くべったりした匂いが流れ込んできた。桃の果汁がゆっくりと腕を伝っていく。かまわず桃を頰張っていると、汁はぽたりと流し台に落ちていった。

玄関の玉のれんが、しゃらんしゃらんと音を立てる。姉ちゃんが帰ってきたらしい。果肉に口内を占領されつつも、かろうじて聞き取れるであろう発音で「おかえり」と叫ぶ。

ばんばんと台所に近づいてくる足音。

「座って食べなさい。行儀悪い……」

俺を見るなり、彼女はそう言った。

「皮、ちゃんと片付けなさいよ、皮」

シンクに張り付いている桃の皮を睨《にら》みつける。

俺は、ずり落ちた眼鏡《めがね》を指で直しシャツの袖で口元を拭《ぬぐ》った。

「もう、染《し》みになるじゃない。桃の果汁は服につくとアレなのよ」

スーパーの袋から食料品を取り出しつつ、ちらちらとこちらを盗み見ている。全て冷蔵庫に仕舞い終えると、とうもろこしをぐいと突き出した。

「はい、皮剝いて」

「は？　嫌だよ」

「どうせ、桃のも片付けるんだから一緒でしょ？　それに、夕飯の用意するんだからさっさと食べちゃってよ。そこに立ってられちゃ邪魔なの」

早口でまくし立てながら、俺を隅に追いやっていく。

姉ちゃんは、流し台の隙間に顔を突っ込むと、豪快に顔を洗い始めた。

化粧をほとんどしていない彼女は、がしがしと力強く顔をこすり終えると同時に食器棚に掛けてあるタオルを手に取る。ごしごしとタオルで顔じゅうの水気を回収すると、それを戻すついでに電子レンジの上のエプロンを手に取った。相変わらず彼女の動きには無駄がない。エプロンには『より子』と刺繡《ししゅう》が入っている。自分のものに名前を縫い込むという癖があるのだ。誰も間違えて使ったりしないのに。

　エプロンの紐《ひも》を結び終えた姉ちゃんは、いきなり俺をきつく睨んだ。まだ文句を言い足りないのか、鼻息を荒くして視線を逸《そ》らさない。

「……なに怒ってんだよ」

「怒ってないわよ」

「怒ってんだろ」

「しつこい」

　尖《とが》った声で最後の「い」を言いながら俺のつま先を踏みつけた。彼女には、腹を立てると足を踏みつけるという癖もある。

「一つしか残ってなかったら、少しとっておくって考えはないわけ？」

　……桃か。いくら好物とはいえ鼻の穴を膨らませて怒るほどではない気がするが、口に出すと面倒なことになりそうなので言葉を飲み込んでみる。

「進！　何なのこれ！」

　明らかに、これまでよりも鋭い語気で名を呼ばれた。俺は更に何かをやらかしたらしい。平静を装い振り返ると、彼女は炊飯器を指差していた。

「お米炊けてないじゃない」

「あ、忘れてた」

「もう、朝出る前に言ったでしょ。帰ったら三合お願いって」

確かに、出社前に何度も釘を刺された。帰宅するまではしっかり覚えていたのだけれど、冷蔵庫を開けた途端、桃の誘惑に吹きとばされてしまったようだ。

「どうするのよ、晩ごはん」

「そうめんでいいよ」

「昨日も食べたじゃない」

「いいよ、暑いし」

適当に相槌を打ちながら桃を食し終える。種の周りのほんのり酸っぱいところまで堪能してから、ごみ箱めがけて種を放った。しっかり狙いを定めたはずなのに、横をかすめてマットの上を転がってゆく。

姉ちゃんが鼻で笑った。

「そんなんだから、あんたは結婚できないのよ」

「自分だってそうだろ」と言い返したいところを、またも無言を貫く。

「ったく。出来の悪い弟を持つと苦労するわ」

彼女は二つの大きな鍋に水を張り、火をつけた。俺にやれと命令していたくせに、とうもろこしの皮を剝き始めている。なんだかんだいっても姉ちゃんは俺に甘い。

「ぼけっとしてるなら、お風呂洗ってきて」

返事はせずに風呂場へ向かう。なんだかんだいっても俺は姉ちゃんに弱い。

我が家の廊下は歩く度にぎしぎしと軋《きし》む。築何十年なのかは知らないが、全てに年季が入っている。玄関は引き戸だし、お手洗いは未だに和式。初めて訪ねて来た人は皆驚く。そして大抵、「レトロですね」とか「ほぅ、ノスタルジック」とか、懸命に探したであろう褒め言葉を述べていく。一度改装するという話も出たが姉ちゃんが断固反対した。まだ使えるものを替えるというのは、信念に反するらしい。

風呂を掃除して（ちょっと部屋でごろごろして）いるうちに、夕飯はできあがっていた。

山盛りのそうめんととうもろこし。横には大量の葱《ねぎ》とすり胡麻《ごま》が並ぶ。小野寺家ではすり胡麻をたっぷり入れてそうめんを食す。香ばしい香りが、めんつゆから漂わないなんて考えられない。職業病というか、香りには人一倍こだわりがあるのだ。そうして一度すり胡麻の風味を楽しんだ後に、俺だけ更に生卵を入れる。だから俺の器は一回り大きい。

席についた姉ちゃんは真っ先にテレビのリモコンに手を伸ばす。小野寺家ではその昔、『テレビを見ながらの食事は禁止』とされていたのだが彼女が規則を変えた。大がつくほどテレビっ子の姉ちゃんとは、食事中、会話をしていても目が合うことはほとんどない。そうめんを啜《すす》ってはけらけらと笑う姉ちゃん。その視線は真っ直ぐテレビに向けられている。こんな状況だからこそ、姉ちゃんの顔をまじまじと観察することができる。

彼女の前歯は一本だけ黒ずんでいて、笑うとその歯がとても目立つ。

姉ちゃんが大声で笑うのは家の中でだけだ。外にいる時は柄にもなく手を口に添えて笑う。

「なに見てんのよ」

CMに入った途端、姉ちゃんに睨まれた。

「いや、別に」

慌てて視線を逸らし、二本目のとうもろこしに手を伸ばす。その手を姉ちゃんがぐわしと摑《つか》んだ。

「何よ、はっきり言いなさいよ」

「いや……歯に挟まってるから、とうもろこし」

咄嗟《とっさ》に出た言い訳だったが、姉ちゃんはぱっと手を離した。

「もう、早く言ってよ。恥ずかしいじゃない……」

照れ笑いを浮かべ、口をもごもごさせる姉ちゃんの視線は、既にテレビに向けられていた。


ぎしぎしとみしみしが鬩《せめ》ぎ合《あ》う音で、毎朝目を覚ます。

古い雨戸が開けられるたびに唸《うな》り声をあげるのだ。動かすのにはこつがいるらしく、俺が力いっぱい引いてもびくともしない。こつを知っているのは姉ちゃんだけ。

二階からの唸り声に続いて、力強い足音が階段から聞こえてきた。姉ちゃんが朝刊を取りに行くのだ。休みの日くらいのんびり寝ていればいいのにと週末毎に思う。

一階の和室が俺の部屋。小さい頃に姉弟で使っていた二階の部屋は姉ちゃんが一人で使っている。今も当時の二段ベッドで眠っていて、気分によって上の段と下の段を使い分けているらしい。

いつも、新聞を取ったついでに俺の部屋の襖《ふすま》を叩く。

「朝よ。起きなさい」

姉ちゃんはそれ以上の声は掛けない。こちらが反応しようがしまいが去っていく。寝起きの良い《い》彼女は、人間というものは「起きなさい」の言葉だけで起床できると思っているらしい。

やっとのことで布団から這《は》い上がり、手探りで床に転がっている眼鏡を見つけだす。廊下に出ると、朝の匂いが漂っていた。塩鮭の香ばしい香り。どこかの窓が開いているのか、玉のれんが微《かす》かに揺れている。

台所で姉ちゃんは新聞を広げていた。正確には、新聞の中のチラシを広げていた。広げては畳み、素早く新たなチラシを抜き取る。ただのチラシチェックなのに動きに無駄がなく職人技のようだ。やがて、お気に入りのチラシを見つけたらしく今度はぴくりとも動かなくなった。

「やっぱりいいわ。ここのチラシ」

なにやらいたく感心している。自分にはまったく分からないが、そのチラシはデザイン・配色・文字のフォントなど全てにおいてハイレベルで、『わくわくが止まらない』そうだ。まだしばらくは朝食にありつけそうにない。仕方なく、真似《まね》をして広告を見始めるとチラシの間に白い封筒が挟まっていた。昨日、郵便受けから取り忘れたのかもしれない。宛名を見ると岡野薫様と記されている。

どちら様だろう？

我が家にそんな人物はいない。間違って配達された可能性が高いが、何となくその苗字《みょうじ》に見覚《みおぼ》えがある気がした。岡野……そんな苗字の人が姉ちゃんの知り合いにいたはずだが、数少ない彼女の友人とは一致しない。頭の中を必死に検索していくと一人の人物が脳裏に浮かんだ。

「これ、ワンデーの人じゃない？」

「えっ！」

乙女のような声を上げ俺から封筒を奪い取った姉ちゃんは、すぐさま落胆の表情を浮かべた。

「違うじゃない。岡野じゃないわよ、彼は浅野さん」

浅野さんというのは、彼女が気になっているらしいコンタクトレンズメーカーの人だ。使い捨てコンタクトを扱っていると聞いて、俺がつけたあだ名が『ワンデーの人』。

「そもそも、ワンデーの人って呼び方やめなさいよ。その日だけの肉体関係があった人みたいじゃない」

あだ名を変えるつもりは毛頭ないので「ねぇ、腹減った」と話題を変える。

「もう、あんたが起きてくるの待ってたんでしょう」

姉ちゃんは俺の足を軽く踏みつけた瞬間、何かを思い出したように立ち上がった。

「しゃけしゃけしゃけ」

一目散に魚焼きグリルへ駆け寄っていく。中を覗くとどうやら無事だったらしく、爽やかな笑みを浮かべグーサインをこちらに押し出した。そんなノリが何だか気恥ずかしくて、グーを返す代わりにとりあえず頷《うなず》いておいた。

「おみおつけに卵入れる？」

姉ちゃんは返事を待たずに卵を落とす。ほとんど用意ができていたようで、あとは味噌汁を温め直せば完成だ。その間に、俺はご飯をよそいお膳立てをする。箸を並べるのは俺の係。食卓には既に納豆とほうれん草のおひたしが綺麗《きれい》に並べられていた。

しかし、全ての食器はちぐはぐ。うちの食器棚は人から譲り受けた物か結婚式の引き出物のみで埋まっている。料理に人一倍こだわりを持っているくせに、姉ちゃんは見てくれを気にしない。

準備が整い二人で料理に手を合わせると、「いただきます」の代わりに「届けてあげよう」と姉ちゃんは告げた。

「は？　何の話？」

「手紙よ。困ってるかもしれないでしょ」

俺は、「いただきます」とだけ返答して箸を手に取った。

食器をさげ終えると、当たり前のように姉ちゃんはオセロ盤を持って来た。

「手紙届けに行く人、決めなくちゃね」

言い出しっぺなのだから自分で届ければいいのに、こちらの予定などお構いなしに話は進んでいってしまう。

何かを決める時、俺達はいつもオセロで勝負をする。姉ちゃんが黒、俺が白。これも小学生の頃から変わっていない。休日の朝から二人でオセロに興じる姉弟。四十代に入った姉と三十代中盤の弟。共に未婚。一体何をやっているのだろう。

戦況が苦しくなるたびに、部屋の鉢植えに水をやるとか、古新聞をまとめるとかでいちいち席を立つ姉ちゃんのみみっちい作戦に屈することなく俺は勝利を収め、結局言い出しっぺが手紙を届けに行くことになった。ところが、身支度を整えた姉ちゃんは玄関先に座り込んで動かない。封筒の住所と地図を照らし合わせては「あぁ、分からない」と繰り返すばかり。住所から察するに手紙の主の家は二駅ほど先にあるのだが、見当違いの場所を見つめている。彼女は地図を読むのが本当に苦手なのだ。

ここで優しい言葉をかけたら明らかに巻き込まれる。無視して部屋に戻ろうとしたら、一際《ひときわ》大きな声が背後から聞こえた。

「あぁ、分からない！」

その声量に思わず振り返る。姉ちゃんは眼光鋭く俺を見据えていた。そして、何だか分からないが「ね？」と優しく言った。

どうやら行くしかないらしい。これではオセロの意味がない。

面倒なことはさっさか片付けてしまいたい。炎天の下で蟬《せみ》の声に包まれる覚悟を決め、飛び出していこうとした俺の髪がぐっと何かに引っ張られた。

「あんた、またやったの？」

すかさず文句が飛んで来る。玄関に下がっている〝玉のれん〟に、たびたび髪の毛を引っかけてしまうのだ。天然パーマネントの俺のそれは一度絡むとなかなか手ごわい。「くそ……」と思わず漏らすと、下品な言葉を口にするなとたしなめられた。

「大体そんなに伸ばしているからいけないのよ。男らしく耳だしなさい」

ぶつぶつ言いながら、姉ちゃんが丁寧に絡まりを解いていく。頻繁にちょっかいを出してくるこののれんは、幾度となく外しているのだが、その都度誰かさんが戻してしまう。風水に明るい彼女に言わせると、この家は玄関が凶の方位にあるのでのれんで『悪い気』をシャットアウトしているのだそうだ。

ようやく玉のれんから解放された俺は、一つ大きく伸びをして「近そうだから歩いて行こう」と一歩を踏み出す。

だが姉ちゃんは、「だったら自転車」と玄関先の電動自転車にまたがった。

それは去年、結婚式の二次会で彼女が当てたものだ。姉ちゃんに玄関先で自慢されあの夜を思い出し、頬が微かに緩む。二次会のあった麻布十番からわが家まで二時間近くかけて自転車で帰宅した姉ちゃんは、はぁはぁと肩を上下させながら、ちーんと呼び鈴を鳴らしてみせた。それから数ヶ月間は「もったいない」と、なかなか乗ろうとしなかったのに、今では何処《どこ》に行くにもこの自転車を使っている。

自転車の鍵を取りに行っている間に、彼女は先に走り出していた。急いで後を追うが、学生時代から使っているママチャリはタイヤの空気が抜けていて思うようにスピードが出ない。二人の距離が縮まらぬまま、暫《しばら》く走り続けた。

「どっちに曲がんの？」

三叉路《さんさろ》のところで、姉ちゃんは自転車を止めて待っていた。

「右」

指を差すと、彼女は走り出す。分かれ道の度に指示を仰ぎ、またすぐに行ってしまう。俺を待つ気はないらしい。気を抜くと、どんどん離れてしまう。五分も経《た》たないうちに息が切れ、汗が噴き出た。今年の夏も、去年より暑い。河川敷を通ると、ふわりとほのかに甘い草の匂いがした。向日葵《ひまわり》に目を向け軽快に走る姉ちゃんの背中を見つめながら、必死に自転車を漕《こ》ぎ続ける。

手紙の主のアパートに辿《たど》り着いた時には、黄緑色のTシャツが濃い緑に変わっていた。先に到着していた姉ちゃんは、俺を見るなり「ずいぶん遅いわね」と文句を浴びせる。彼女は汗一つかいていない。電動自転車の力は凄《すさ》まじい。

「けど、空き家みたい」

「え？」

力が抜けて行くのを感じながら、何の表記もない表札を見つめる。何度チャイムを押してみても反応はないらしい。

「あんた、岡野さんがどこに越したか聞いてきなさいよ」

「いやだよ」

「何？　ここまで来て諦める気？」

「じゃなくて、先に着いたんなら姉ちゃんが聞けばよかっただろ」

「ちょっとの違いじゃない」

「………」

これ以上言い争う元気はない。姉へのせめてもの抗議としてわざと感情以上に不機嫌な表情を浮かべながら、しぶしぶ隣家のチャイムを鳴らす。ドアが開く代わりに不審がったお婆《ばあ》さんの声が聞こえてきた。よく見るとチャイムにカメラがついている。大慌てで不機嫌な表情を引っ込めるも、お婆さんの不信感は拭えない。言葉に詰まり詰まり、なんとか事情を説明する。その間、ずっと姉ちゃんはくすくす笑っていた。

手紙の主はどうやら近所のマンションに引っ越したらしい。お婆さんは親切に連絡先まで教えてくれた。インターフォンに向かってお辞儀をし顔を上げると、姉ちゃんは既に自転車にまたがっていた。

「ねぇ、少し休まない？」

だが、一瞥《いちべつ》をくれただけで電動自転車はスムーズに走り出す。

「あ、ちょっと！」

この一週間で発した中で一番大きな声で呼び止めると、彼女の愛車は急停止した。

「休もうよ。足もぱんぱんだし」

「近くのマンションなんだから行っちゃおう。はい」

普段通りの大きな声で姉ちゃんはそう告げると再び走り出す。そのスピードに、もう止まる気配はない。仕方なくママチャリにまたがる。彼女だけで目的地に辿り着けるはずがないのだ。

案の定、しばらく走っていくとマンションと反対の道を曲がろうとしていた。

「こっちだよ」

そのまま俺は姉ちゃんを追い越す。

「あ、待ちなさい」

背後から聞こえる声に構わず漕ぎ続ける。初めて姉ちゃんを追い抜くことができたのだ。なんとなく気分がいい。大人気なく、俺は全力でペダルを踏んだ。

二十分ほど離れた場所にそのマンションはあった。手紙の主の名をポストで確認し、今度は姉ちゃんが呼び鈴を押す。

『ピン』と『ポーン』の間に、少しだけ間《ま》があいた。

「………」

インターフォンに向け、にこやかな顔を作り反応を待っている姉ちゃん。

「………」

なかなか応答がないので、姉ちゃんは笑顔を作り直し再び呼び鈴を押そうとする。

その瞬間、玄関のドアが少しだけ開いて「はい」と小さな声が聞こえてきた。インターフォンに向けていた笑顔をくいとドアに向ける姉ちゃん。精一杯、よそいきの声を出して告げる。

「すみません。岡野薫さんでいらっしゃいますか？」

「はい」

姉の笑顔に怯《おび》えているのか、依然としてドアが大きく開くことはない。

「あの、私達、近所に住んでいる者で、あ、でも、そんな近くってわけじゃないですけど」

早口で此処《ここ》に来た経緯を説明する姉ちゃん。七丁目の岡野さん宛ての手紙が一丁目の小野寺家に届けられたのは、おそらく差出人の悪筆のせいで、7が1にしか見えなかったのだろうと、自分なりの推測を交えて熱弁を振るう。

「しかもこの方、引っ越しなさったことも知らないみたいで」

差出人への心配も付け加えると、手にしていた封筒を掲げて見せた。

「そうだったんですか。わざわざすみません」

警戒心の解けた声で礼を言いながら、家人はようやく大きくドアを開けた。

ふわりと甘い香りがした。

女性の部屋の匂い。こういう匂いを嗅いだのは久しぶりな気がする。扉の向こうには、小柄な可愛《かわい》らしい女性が立っていた。彼女が岡野薫さんらしい。無造作にまとめられたお団子ヘアー。こんなに暑いのに厚手のカーディガンを羽織っている。突然の訪問者に咄嗟に上着を羽織ったのだろう。彼女の足元では、小さな茶色い犬が走り回っている。

「あら可愛い」

しゃがみこみ手を伸ばそうとする姉ちゃんに、犬は容赦なく唸り声を上げた。

「あら可愛い」

姉ちゃんは少しも動じることなく同じ言葉を投げかけた。

だが、犬は尚《なお》も吠《ほ》え続ける。

「あぁ可愛い」

少しだけアレンジを加えた言葉を発しても、犬は変わらず牽制《けんせい》モード。姉ちゃんは諦めたように立ち上がった。「すみません、臆病で」と言いつつも白い歯を見せる岡野さん。

その笑顔を見た途端、急に胸の奥が狭くなるのを感じた。自分の感情に戸惑い思わず視線を逸らす。

「あ、ごめんなさい。これ渡さなきゃね」

姉ちゃんが目的を思い出し、封筒を差し出した。

「本当に、わざわざありがとうございます」

岡野さんは封筒を受け取ると愛《いと》おしそうに胸に抱えた。よほど大切な手紙だったのだろう。恋人からなのかもしれない。「とりあえずお茶でも」とのお誘いを丁重に断り部屋を後にしようとすると、彼女は「ちょっと待ってください」と室内に引っ込んだ。

「こんな物しかないんですけど」

戻ってきた彼女は茶色い紙袋を抱えている。

「田舎から送ってきたんです」とにこやかに袋の中身を見せてくれた。

「あら美味しそう」

普段、こういう時は遠慮して受け取らないくせに、姉ちゃんは素直に手を伸ばす。

そして、袋の中の桃をしげしげと見つめると、微かに口元を緩めた。

家までの道のりを二人並んで自転車を漕ぐ。

籠に入った桃のぶん重くなったはずなのに、なんだかさっきよりもペダルが軽い気がする。姉ちゃんも同じ心持ちなのか俺を追い越すことはしない。信号で三度目の足止めを食らっている時、彼女が口を開いた。

「今の子、好美《よしみ》ちゃんに似てたね」

「……そうかな」

俺は、できるだけそっけなく返事をする。

本当はずっと前から気づいていた。玄関先で岡野さんの笑顔を見た瞬間、頭には好美の顔が浮かんでいた。胸が苦しくなったのも、きっとそのせいだ。だけど、そんなことを姉ちゃんに伝えたらまた余計なお節介を焼くに決まっている。

信号が変わると、すぐさま地面を蹴って前へ進んだ。

そういえば、好美はちょっと硬めの桃が好きだったな。

わが家に到着した時には、空の端っこがほんのり橙《だいだい》色に染まっていた。途中で電動自転車のバッテリーが切れ、予想以上に時間がかかったのだ。代わってあげると言ったのに頑として受け入れず、ただの重たい自転車と化した愛車をもくもくと漕ぎ続けた姉ちゃん。その間に発した言葉はただ一つ。

「くそ……」

下品な言葉を口にするな、とたしなめ返すチャンスだったが、いつものように言葉を飲みこんでおいた。

靴を脱ぐと姉ちゃんは玄関に倒れこむ。鼻には玉の汗が浮かんでいる。

「進も飲むでしょ？　麦茶」

はぁはぁと声を漏らしながら台所に這って行く彼女。その腕に抱えられた紙袋を指差し、俺は返事をした。

「麦茶よりそっちがいい」

台所の流し台に並び、貰《もら》った桃を二人で齧る。溢《あふ》れ出た果汁が喉を落ちていく。

岡野さんの桃は、柔らかく熟れていた。

第二章　「お二人様なの」

私は目覚まし時計が嫌いだ。

本当に時間通り鳴るのかが気になって、アラームが鳴る前に目が覚めてしまうから。そんなものを使わなくてもきっちり六時半に起きることができる。これまで四十年生きてきて、遅刻をしたことは一度もない。人に話すと羨《うらや》ましがられるが、弟だけは「それは姉ちゃんの短所だ」と言う。実は自分でもそう思っている。私は今まで『休日だから昼までお寝坊』というのをしたことがない。宝塚歌劇団の男役が実は女性らしく髪の毛を伸ばすことに憧れていたりするように、激しく『お寝坊』に憧れている。だが、どうしても六時半に起きてしまうのだ。というか、どうしても早い時間に眠ってしまう。睡眠不足の状態ならば、さすがに六時半に目覚めることはないのだろうけど、二十二時を過ぎると睡魔が襲ってくる。昨夜は進に付き合い頑張って起きてみたが二十三時を過ぎた辺りから記憶がない。そして、今日も目を開けた時には、時計は六時半を指していた。

再び目を閉じてみるも眠気は彼方《かなた》に飛び去ってしまったようだ。『休日だから昼まで二度寝』にも失敗した私は、ベッドから起き上がり桃色のカーテンを勢いよく開け放つ。降り注ぐ日差しが眩《まぶ》しくて思わず手をかざす。ふと視線を下ろすと、出窓に置かれた鉢植えと目が合った。ワイルドストロベリーの芽は昨日より大きくなっている気がする。花が咲くその日を期待し、青々とした葉っぱに微笑《ほほえ》みかける。

今日も一日が始まった。

この週末も『昼までお寝坊』を実現できなかった私は、とりあえず家の掃除を始める。どうせあと数時間は進は起きてこない。昨日も夜遅くまで一人でぐだぐだしていたのだろう。夜中に何か食べたらしく台所が汚れている。弟は、昔から引っ込み思案のくせに食べ物に関してはアグレッシブなところがあるのだ。こっそり私の分のおかずを盗み食いすることもしょっちゅうで、小さい頃それに腹を立てた私は復讐《ふくしゅう》として、唐辛子を『かりんとうのようなもの』だと嘘をついて食べさせてやったことがある。

家事のほとんどを終えてから進の部屋に向かう。部屋の前の雨戸を開けに行くのだ。

うちの雨戸は、動かす時に『ぎ』と『ぐ』の間の音がする。それももの凄《すご》い大きさで。いくら進でも起きてしまうだろうから、休みの日だけは後回しにしてあげているのだが、今日は雨戸を開け終わっても彼が起きてくる気配はなかった。これは当分起きそうにない。

このところ、珍しく二人ともばたばたとした日々を過ごしていた。

進の仕事の詳細はよく分からないが、私が勤務している『さがね眼鏡店』では特別セールや店内の模様替えと普段より大変だったのだ。あまりに忙しくて毎年恒例だったお月見を忘れてしまったほど。気がつくと、秋も終わりかけている。

新聞を取り台所に戻ってくると大体九時。お腹がすいていなければ進が起きてくるまで待ってから朝ごはんを食べるのだけれど、今日は待ち切れず、黄金色に溶かしたバターをトーストにつけて二枚平らげた。その後は庭を掃き、部屋の鉢植えに水をあげて、肌寒くなってきたので冬物を箪笥《たんす》の奥から引っ張り出して最前列にスタンバイさせる。休みの日でも、私はせかせかしてしまう。暇だと感じる前に何かしていないと気が済まないのだ。

箪笥の奥からは、古いダッフルコートが出てきた。赤い色の生地に、木製の牙のような形の留め具が四つついた、『ザ・ダッフルコート』。これは進が高校生の頃に買ってきたものだ。

思春期にありがちな若気の至りというか、おそらく本人はイメージチェンジのつもりで思い切って購入したのだろう。だが、帰宅して冷静になってみると、赤いダッフルコートがいかに自分に似合わないか認識したらしく、「思っていたデザインと違う」と偽りの理由をつけて捨てようとした。まだ新品のダッフルコートがあまりにもったいなかったので、ごみ袋に投げ入れようとしていたところを貰いうけたのだ。この『進の若気の至り』を結局、私も一度も着ていないのだが、なかなか捨てられずにいる。

私と進は全て正反対。

進は、使わなくなるとすぐ物を捨てようとするし、朝も弱い。私はずばずば口に出してしまうけど、彼はあまり意見を言わない。私は夏が好き、彼は冬が好き。進はど近眼だが、私は両目とも2・0。私の髪の毛は真っ直ぐで短いおかっぱ頭。彼は天然パーマの毛髪を無造作に伸ばしている。切りに行くのが面倒臭いらしい。そういうところも私と違う。共通点といえば食べることが好きなところくらい。

ダッフルコートはずっしりと重かった。久しぶりに腕を通してみると思っていたよりもしっくりくる。今年こそ活用できるかもしれない。なんだか急に嬉《うれ》しくなった。


結局、進はお昼近くまで起きてこなかった。

昼食の準備を始めようかという頃に、やっと台所にやってきて冷蔵庫から牛乳を取り出した。しかし、なかなかコップに注ごうとせず、なぜかこっちをちらちら窺《うかが》っている。何かを聞いて欲しいらしい。弟は昔から人に話しかけるのが下手なのだ。

「ずいぶん今日はゆっくりね」

待ってましたとばかりに眼鏡を中指でくっとあげて、進は私に近づいてきた。

「あ、うん、これのお陰」

机の上に何かを置く。目の前に転がる黄色い二つの物体を恐る恐る触ってみると、硬めではあるがスポンジのようだ。

「何これ」

「耳栓」

弟の話によると、昨日百円ショップに立ち寄った際に遭遇し、ぴんと来たんだそうだ。

「これなら雨戸に邪魔されないだろ」

「そこまでして朝寝坊したいわけ？」

「姉ちゃんには分かんないよ。きっと」

小さな耳栓を大事そうにポケットにしまう弟は妙に勝ち誇っている。

「あっそんなことより、今からお昼にするけどあんたも食べる？」

もちろんと、彼は大きく頷いた。冷蔵庫を覗き、何を作るか思案する。なんとなく焼きうどんか、ラーメンの気分。進は大あくびをしながら目をこすっている。寝起きにラーメンはきついかな。脳内会議の結果、今日の昼食は焼きうどんに決定。

こんな風に休日の半分が過ぎていく。


七十点だった、今日の焼きうどんは。

マイナス三十点の要因は紅生姜《べにしょうが》。焼きうどんを作っている途中で、紅生姜がないことに気づいたのだ。小野寺家では、紅生姜と鰹節《かつおぶし》をたっぷりかけて焼きうどんをいただく。

リストに紅生姜を追加しなくちゃ。メモ用紙はチラシと一緒に冷蔵庫に貼ってある。お買い物リストを書くついでにチラシを手に取った。

このスーパーのチラシはやっぱりよい。言葉使いも色使いも私好みだ。今日は前々からチェックしていた特売の日。月に一度の激安タイムセールが行われるのだ。

冷凍えびが二十尾で三百七十円。愛用しているカレールウは百円引き。じゃがいもの詰め放題も開催されるらしい。思わず顔が綻《ほころ》ぶ。

が、その微笑もあることに気付いた瞬間消え去った。

【玉子・お一人様一パックまで！　マヨネーズ・お一人様二本まで！】

『お一人様』の文字がチラシのあちこちに躍っているのだ。これは一人で行くのはもったいない。ちょうど隣には、炬燵《こたつ》に入ってだらだらしている『お一人様』がいるではないか。進はさっき昼ごはんを食べたばかりなのに、テレビを見ながらかりんとうを頬張っている。格好は未だパジャマ（厳密にはスウェット上下）のまま。だらしない弟を炬燵から引きずり出すことにした。

「何すんだよ」

進は不機嫌そうな顔で再びかりんとうを口に運ぶ。

「買い物行くから、早く着替えてよ」

「は？　何で？」

「お二人様なの」

「はぁ？」

散々文句を言ってから、進は部屋へと向かっていった。口下手なくせに私にはしつこいくらい文句を言う。彼は内弁慶なのだ。まぁいい、言わせておこう。二パックの玉子と四本のマヨネーズの為に。

着替えた進を引っ張るようにスーパーへと向かう。こうして、一日の残り半分が始まった。

「何それ？」

いつものように電動自転車を快適に進めている私に、ママチャリを必死に漕ぐ進が質問を浴びせてきた。

「え、何が？」

「そのコートだよ」

「あぁこれ？　いいでしょ」

私は件《くだん》のダッフルコートを羽織っていた。とっくに捨てられたと思っていたのだろうか。懐かしいコートとの突然の再会に、進の目は私（の着ているコート）に釘付けのようだ。それにしても電気の力は偉大だ。あっという間に進との距離が離れて行く。

「じゃあ現地集合ね」

のんびり者を置いてスーパーに急ぐことにした。玉子は限定百パック。マヨネーズは限定二百本。うかうかしている暇はないのだ。

スーパーに向かう途中に、いちょう並木が見えてくる。今朝トーストに塗った溶かしバターのような黄金色に色づいた葉っぱを愛《め》でながら自転車を進める。あっという間に終わってしまうこの短めのいちょう並木の先には河田《かわだ》君ちの床屋がある。

彼は店先で雑巾を絞っていた。バケツの前にしゃがんでいるせいか、いつにも増して丸々とした形状をしている。河田君は進の小学校からの同級生だ。劇団員が本業と言うものの、いつ店を覗いても大抵彼の姿を目にすることができる。店の扉が開き、オヤジさんが顔を出した。河田君と同様に、パーカーに印刷された「ヘアサロンＫＡ

ＷＡＤＡ」の文字がお腹の辺りで緩やかなカーブを描いている。オヤジさんはいつも通り河田君と言い争いを始めた。

泳ぐのをやめると死んでしまうまぐろのように、この親子は日々口論を続けている。役者を諦め店を継ぐ決心をして欲しい父親と、役者で食べていきたい息子。その食い違いが派生して今ではあらゆることで衝突している。接客している時くらいしか、その口論は収まることはない。むっちりとした体を突き合わせて「お前が当番だろ」と怒鳴り合う二人。内容から察するに、店のモップ掛けをどちらがするかで揉《も》めているようだ。

今回は何の役作りなのか、河田君はテンガロンハットを首にくくりつけている。見た目から入るタイプなのだろう。新しいお芝居の稽古が始まるたび、眉毛を全て剃《そ》ってみたり、髪の毛を緑色に染めたりしている。

「あ」

目が合った途端、河田君が私に向かって指を差した。

「こら！　人のこと指差さない」

怒った風にげんこつを上げると、すかさずオヤジさんの「そうだぞ、失礼なことするな」という怒鳴り声が飛んだ。

私はそのまま店の前を通過する。親子喧嘩《げんか》に巻き込まれている時間などない。タイムセールの時間は刻々と迫っているのだ。

手を上げて去って行く私の背中に河田君が声をかけた。

「バイバイ、小野寺の姉ちゃん」

河田君はいつまで経っても私のことを『小野寺の姉ちゃん』と呼ぶ。私も小野寺なのだから『小野寺さん』でいいのに。昔から幾度となく注意しているのだが、直そうとしない。もっとも、私ももうこの呼び名に慣れっこだから今更変更されても落ち着かないだろうけれど。

実は、河田君との付き合いは進より長い。私は小学校から中学を出るまでヘアサロンKAWADAに通っていた。だから河田君がよちよち歩きをしている時から知っている。それなのに、いつの間にか進と河田君は友達になり、髪を切りに行く度に『小野寺の姉ちゃん』と呼ばれるようになった。

幼い頃からトレードマークのおかっぱ頭は変わっていない。河田君をはじめ、進のまわりではおかっぱ頭のことを『小野寺の姉ちゃんカット』と呼んでいるらしい。呼ばれた方は、おそらく意味不明だろう。高校にあがると、さすがに床屋に行くのが恥ずかしくなり美容室に通うようになったけれど、それでも髪型は相変わらず『小野寺の姉ちゃんカット』のまま。この髪型を変えるつもりはない。私に一番似合っていると思うから。きっと白髪《しらが》のおばあちゃんになってもおかっぱでいるのだと思う。

スーパーの駐輪場は、いつもより混み合っていた。急いで自転車を停めて店内に入る。このスーパーは、規模が大きい訳でもないが必要なものが欲しい時に必ずあるし店員の接客も心地いい。セールのタイミングも、平日は帰宅時間、休日はお昼を少し過ぎたあたりと、私の生活リズムにぴたりと合っている。なんともニクいスーパーなのだ。

ぐるりと店内を見渡し、夕飯の策を練る。目にとまったのは精肉コーナー。国産鶏モモ肉が百グラム八十八円。えっ、これってここの底値じゃない？　これは買いだ。じゃあ、入り口にあった水菜とえのきも買うとして、冷蔵庫には白菜が半分残ってたな。よし、夕飯は『鶏の水炊き』にしよう。

この勢いで水炊きメンバーを集めてしまいたいところだが、そんな気持ちをぐっと堪《こら》えてお目当ての場所へ急ぐ。幸運なことにタイムセールは始まったばかり。玉子もマヨネーズもまだ棚に残っていた。籠に商品を入れてから、ほっと一つ息を吐《つ》く。玉子パックだけでこれだけの満足感を得られるなんて、やっぱりタイムセールは素晴らしい。野菜コーナーでえのき茸を選んでいると、ようやく進がスーパーに到着した。きょろきょろと店内を見回しているので、左手を腰に、右手を上に目一杯伸ばして居場所を知らせる。

進は昔から迷子になりやすかった。そうなるたび、私はこうやって片手を上げ売り場の真ん中に立ってあげる。大柄な私がこうすると目立つのか、幼き日の進は、すぐにこちらを見つけて駆け寄って来た。おそらく自由の女神のように見えていたのだろう。

今も、手を上げている私にすぐに気付いた進だったが、傍《そば》には寄って来ずに少し離れた場所で野菜を物色している。私が動くと進もうろうろしながらついてくる。姉弟並んで買い物したいわけじゃないけど、その距離感がこそばゆい。

やがて進は私に近づくと、籠の中に勝手に長葱を入れた。そういえばもう葱がなかった。珍しく気が利くじゃないか。進はどんどん食材を籠に入れていく。しいたけ、焼き豆腐、白滝……そして牛肉。

「あんた！　すき焼きにしようとしてるでしょ」

牛肉のパックを籠から取り出しつき返す。

「何でだよ？　いいじゃん、すき焼き」

口を尖らせる進はすき焼きを望んでいるようだが、私はもう『水炊き』気分なのだ。

それ以外考えられない。

「月末に贅沢《ぜいたく》しちゃ駄目」

もっともらしい理由をつけて、進の手にすき焼きセット一式を返品した。彼は、よっぽどすき焼きが食べたかったのか、食材を一つ棚に戻すたびに私の方を恨めしそうに振り返る。

スーパーに行くのを渋っていたくせに進は楽しそうだ。一個一個の商品を夢中で見つめては、余計な物を次々と籠に入れようとしてくる。苦いものが嫌いなくせにゴーヤチップスを持ってきたり、何であるかも知らないくせにナンプラーを持ってきたり。

進の侵攻を食い止めながら私は買い物を進める。段々と籠は重くなって腕に食い込んできた。女性に重い物を持たせるなんて、やはり進は気が利かない。まぁ、籠を持たせたらこっそり何を入れるか分からないから任せることはできないけれど。

進が率先して荷物を持ってくれたのは好美ちゃんと付き合っていた時くらいだ。このスーパーには何度も三人で買い物に来たことがある。好美ちゃんにいいところを見せたいのか荷物を全て自分で持とうとしたり、私が教えた野菜の選び方を得意げに披露したりしていた。あの頃の進は驚くほどよく喋《しゃべ》った。好美ちゃんは、弟にはもったいないくらい、可愛くて、性格もよくて、気の利く女の子だった。進と好美ちゃんは、それぞれの形がぴたりと塡《は》まっているというか、元々そういうデザインだったかのように二人でいることがしっくりきていた。結婚すると思っていたし、して欲しいと思っていた。どうして破局を迎えてしまったのかは分からないけれど、今でもこんな風に、私は好美ちゃんのことを思い出す。進もそうなのだろうか。

レジの前には、短い列ができていた。最後尾に並びながら、離れた場所をうろついていた進に大きく手招きをする。この籠には、お一人様一パックまでの玉子が二パック、お一人様二本までのマヨネーズが四本入っているのだ。今こそ傍にいてもらわないと連れてきた意味がない。『お二人様』のアピールをしなければ。たらたらと歩きながら横にやってきた進は、急に前のお客さんの籠をじっと見つめた。そのおばさまの買い物籠には、葱、白滝に続いて高級そうな牛肉が入っていた。完全にすき焼きモードの進は羨ましそうにすき焼きメンバー達を眺め続ける。国産のシールが貼られたその牛肉があまりにも美味《おい》しそうで、とたんに悲しくなった。少しでも安いものを、と血まなこになっていた自分が惨めに思えてくる。

しかし、おばさまが手さげ鞄《かばん》から取り出したものを見て、すぐさまそんな気持ちは消えていった。それは、お金が貯《た》まらず赤字になる故に風水的に絶対持ってはいけないとされる〝赤い財布〟。

そうなると話は変わってくる。

もしかすると、この人は苦しい家計のなか無理をして国産牛肉を買おうとしているのかもしれない。不意に前のお客さんがとても憐《あわ》れに思えてきた。

「無理しちゃって……」

勝手に優しい気持ちでおばさまの背中を見つめたあと、鞄の中から財布を取り出してみる。小銭を入れる部分がガマ口になっているお気に入りの一品だ。もちろん色はゴールド。結果的にこの勝負、勝った気がした。

「何にやにやしてんの？」

進に指摘され、反射的に口角を下げる。更なる追及を回避する為に、さも重要なことであるかの風情を醸《かも》し出し籠の中身を計算し直すことにした。こう見えても暗算はけっこう得意なのだ。順調に足し算を続けていると、私はあることに気がついた。特売日には店の外で福引き大会が行われる。その福引券は三百円毎に一枚貰えるのだが、私の計算ではあと百四十七円買えばもう一枚手に入る。買うべき物は何かないか、必死に考えを巡らせる。たかが百四十七円、されど百四十七円。無駄な買い物はしたくない。おばさまが赤い財布からお金を取り出した。もうすぐ自分の番が来てしまう。冷蔵庫の中、お風呂場一帯、玄関まわり。家中をイメージし必要な物を探す。私の部屋、進の部屋、納戸の中……。頭脳をぎゅんぎゅん稼働させた末に導き出した答えは箱ティッシュだった。

「進、ティッシュ持ってきて。三個セット」

面倒臭そうに頭を掻《か》きながら、進は足早に生活用品売り場へと向かう。

よし、今日もいい買い物をした。悔いはない。どれだけにやけてもいいように、私は口元を財布で隠した。

「じゃあ、三枚ずつね」

激動の末に手に入れた六枚の福引券。その重みを噛《か》みしめながら半分を差し出す。

だが進は、驚くほど軽い口ぶりで返事をして福引券を受け取った。

「はいよ」

姉の苦労に気付けぬ弟に若干の苛立《いらだ》ちを覚えながら屋外の特設テントに向かうと、福引き台の前にスーパーの店長さんが立っていた。

「さぁ皆さん、ふるってご参加ください。一等はなんと、グアム二泊三日ペア旅行」

一気に胸が高鳴った。

今日はなんだかいける気がする。根拠はないけれど、今日はなんだかいける気がする。

「今日はなんだかいける気がする……」

思わず声に出してしまった私を遮るように、進が一歩前に出た。

「じゃあ、俺先攻で」

こういう時、進は先にやりたがる。はらはらして待つ時間が苦手なのだそうだ。珍しく真剣な面持ちでガラガラに手をかける進。

「……ふう」

ひどく緊張した様子で小さく息を吐くと、力を込めて回し始めた。がらがらがらがらという音に続いてぽとりと一つ玉が落ちる。眩しいくらいに真っ白なその玉は、悲しいくらいに明白な残念賞。結局、この光景を三度見る羽目になり、進は三個のポケットティッシュを手に入れた。

「ティッシュ、買ったばかりなのに……」

文句を吐きながら進に詰め寄る。

「これじゃ、ティッシュ貰うためにティッシュ買ったみたいになってますけど？」

すると彼は、無言のままポケットから何かを取り出し耳に詰めた。耳の穴から微かにのぞく黄色い物体。昼間見せつけられた耳栓だった。

「やっぱり便利だな、これ」

しれっと呟《つぶや》いた進を見つめ、今度の休日は雨戸の音をわざと大きく立ててやろうと心に誓う。

ゆっくり心を落ち着かせると、ガラガラに手をかけた。

『白は大好きな色だけど、今日はあんまり見たくない』

呪文のように心で唱えながら回転動作に入った。

がらがらがらがら。

どうやら私には魔法使いの素質はないらしい。呪文の効果は微塵《みじん》もなく、二回連続で白い球に対面することになった。

冷ややかな進の視線を背中に感じる。

文句を言っておきながら全く同じ結果を生んでいる姉に、無言の抗議でもしているつもりだろう。気が付くと、手の平にじんわり汗が滲《にじ》んでいた。こんなちっぽけなことでプレッシャーを感じている自分が恥ずかしくなる。滲んだ汗をダッフルコートで拭っていると、五個目の残念賞を差し出しながら店長さんが言った。

「可哀相《かわいそう》だからポケットティッシュ六個で箱ティッシュ一個と交換してあげちゃう」

何という助け舟。これで、次に白い球を出しても「わざとだ」と言い訳ができる。こうなったら白い球が出るがいいさ。重圧から解放され、軽い気持ちでガラガラを回す。

ころんと飛び出したその球は見慣れない銀色をしていた。はっとして進と顔を見合わせる。

「大当たり！　三等、浅草花やしきペアチケット！」

手に持っていた鐘を盛大に打ち鳴らしながら、店長が声をあげた。

まさか、こんなことがあるなんて。「いける気がする」なんて言っておいてアレだけど、私たち姉弟はくじ運が悪いはずなのだ。今までそうやって生きてきた。お祭りのくじでも残念賞のガムしか当てたことがない。二次会のビンゴで当てたことになっているあの電動自転車だって、本当は荷物になるから要らないと言っていた女の子から譲ってもらったものだ。

鳴り響く鐘の中、幸運に慣れていない私達は、しばらく動くことができなかった。


「ワンデーの人と行ったらいいじゃん」

『鶏の水炊き』をつつきながら、進は冷蔵庫に貼られたチケットを指差した。当たったはいいものの、花やしきに行く相手などお互いいない。けれど、さすがに姉弟で行くのは気恥ずかしい。そういうわけで、チケットを譲り合っているのだ。

「だからその呼び方やめなさいって、浅野さんにだって失礼じゃない。いいから、あんたこそ誰かと一緒に行ってきなさいよ」

「いいよ俺は」

ほふほふ言いながら進は鶏肉を頬張った。ごくりと口の中のものを飲み込むと、美味《うま》いと再び鍋をつつく。

今日『鶏の水炊き』を食べたかったのには訳があった。実は、知り合いに頼んで取り寄せていたぽん酢が届いたのだ。このぽん酢に柚子胡椒《ゆずこしよう》を入れて食す水炊きは、素晴らしく美味しい。たっぷり大根おろしが載った皿にぽん酢をどぼどぼ注ぐ。瓶の中のぽん酢は半分になってしまったが、こういう時にけちけちしては美味さ半減だ。

「やっぱり高いぽん酢は違うね」

「幾らしたの？」

鶏肉と大根おろしを白菜で包みながら進が訊《たず》ねてきたので、私は正直に回答した。

「二千三百円」

進の動きが止まる。

「ぽん酢にそれだけ出すなら、すき焼きできただろ」

まだすき焼きのことを気にしているらしい。弟は結構根に持つタイプなのだ。

「そんなこと言うんなら、私のぽん酢あげないよ。あんた普通の使いなさい」

ぽん酢を注ぎ足そうとする進をからかいながら二人で鍋をつつく。
窓ガラスと進の眼鏡が湯気で曇った。もう、すぐそこまで冬がやってきているのだ。
あの赤いダッフルコートが、活躍してくれそうな予感がする。

第三章　「おにぎりにカルピスは合わないだろ」

朝、カーテンを開けると憎らしいほど晴れていた。

ここのところ天気が悪かったのに、今日の空には雲一つない。絶好の遊園地日和《びより》。

結局、俺は姉ちゃんと花やしきに来てしまった。休日に姉と遊園地。二人とも他に行く相手がいないというのはかなり情けない。(姉ちゃん曰《いわ》く「たまたま友達全員、都合が悪かっただけ」らしい)。そもそも、俺は休みの日には外出せずに家でごろごろしていたい人間なのだ。休日にわざわざ疲れることをするのは損な気がしてしまう。

だが、折角チケットが当たったのだから楽しまなければと開き直った。姉ちゃんも同意見らしく「全部に乗ってやる」と、ニット帽を深く被《かぶ》り直し意気込んでいる。

白いニット帽に濃紺のジーンズ。そして、姉ちゃんは今日も俺の赤いダッフルコートを着用している。何度「ぼろだから」と反対しても、最近のお気に入りなのかやめようとしない。それどころか、物を大切にして何が悪いのと怒りだす始末だ。物を大切に扱うことに異論はないが、四十にもなって弟のおさがりを着る姉には異を唱えたい。

「あれに乗る」

花やしきに入って真っ先に姉ちゃんが指差したのは、白鳥の形をした乗り物だった。丸いプールの上をぐるぐる回るだけという至ってシンプルな代物《しろもの》。『姉と二人きりでスワン』という状況に早くも心が折れかかったが、『全乗り物制覇』に向けてとりあえず短い列の最後尾についた。

並んでいるのは子供連れだけだ。幸せそうな家族達は、皆、笑顔を浮かべている。突然、そんな中に混じっていることに居心地の悪さを感じ始めた。なんだか恥ずかしくてたまらない。

「カメラ持ってくればよかったね」

浮かれたトーンで姉ちゃんが言った。こちらの気持ちとは正反対のようだ。

「いざとなったら携帯で撮るよ」

いい歳をした姉弟が遊園地で遊ぶ写真なんてむしろ記録として残したくない。でも、今日一日を円滑に進める為に話を合わせることにした。

　ようやく順番がきて二人で白鳥に乗り込む。

「次は何乗る？」

　まだ白鳥が出発してもいないのに、姉ちゃんは次の乗り物に思いを馳《は》せた。

　どうしてこの人は、こんなにもこの状況を楽しめるのだろうか？

　園内の地図が記された冊子を熱心に眺めている姉ちゃんを真剣に眺める。

『小野寺より子、四十歳。O型、右利き。弟と二人で遊園地に遊びに来て、楽しむことができる女』

　心の中でナレーションをつけていると姉ちゃんが顔を上げた。

「早く撮りなさいよ、写真」

　催促され慌てて携帯電話を開く。姉ちゃんはピースをして不自然な笑みを浮かべた。

　……なんと不気味な笑顔だろう。口角は右側だけが上がり過ぎ、目はまったく笑えていない。

『小野寺より子、四十歳。笑顔が下手な女』

　シャッターを切らず、またも心の中でナレーションをつけていると姉ちゃんの怒声が飛んできた。

「だから、早く撮りなさいよ！」

花やしきに入り一時間が過ぎた頃、携帯電話のデータフォルダには姉ちゃんのぎこちない笑顔が溢れていた。

スワンと姉。メリーゴーランドと姉。お化け屋敷と姉。

恋人同士だって撮らないであろう頻度で撮影した。今日は姉の専属カメラマン、そう思うことにしたのだ。ここに来た目的を設定したことで、姉と二人で遊園地にいる気恥ずかしさを解消することができた。

アトラクションがお気に召したのか、撮影されることに喜びを見出《みいだ》したのか分からないが、姉ちゃんのテンションはうなぎ登りだ。すでにぼろぼろになりつつある冊子を広げ地図を指差した。

「次、ちびっ子観覧車ね」

無垢《むく》な少女の如く園内を駆け回る姉ちゃんの気迫に疲れ始めていた俺は、ベンチにもたれかかる。

「ちょっと休もうよ」

次の瞬間、姉ちゃんの手から冊子が滑り落ちた。

そんなにショックだったのか……。だが、どうやらただ落としてしまっただけらしく、姉ちゃんは冊子を拾い上げながら優しい声を出した。

「仕方ないわね」

お許しをいただきベンチに座り直す。リュックを肩から下ろすと自然に「あぁ」と声が漏れた。休憩を認めてくれた姉ちゃんだったが、自分は休む気などないようだ。すぐさまお土産《みやげ》を扱う店舗を見つけると足早に消えて行った。忙《せわ》しない人だ。

持参した水筒をリュックから取り出し飲み物をコップに注ぐ。水筒を用意したのは、もちろん姉ちゃん。「折角ただで遊べるのに、無駄なお金を使うなんてもったいない」と無理やり俺のリュックに押し込んだのだ。水筒の中身はカルピス。遠足や運動会の時、俺の水筒には必ずカルピスが入っていた。もう子供じゃないんだからと思いつつも、喉が渇いていたので続けて三杯飲み干した。姉ちゃんが作るカルピスは、いつもちょっと薄い。四杯目をちびりちびりと飲み干しても、姉ちゃんは戻って来る気配がない。眼鏡のレンズを袖で磨き終え、やることがなくなった俺は仕方なく立ち上がった。

派手に装飾された売店の入り口をくぐると、すぐに姉ちゃんが俺に気づき手をあげた。大柄な姉ちゃんが手をあげる姿はとても目立つ。『自由の女神』みたいなポーズだが、まるでそうは見えない。おかっぱ頭で右手を突き上げているその姿は『選手宣誓している こけし』みたいだといつも思う。

姉ちゃんは『開運の石』と書かれた怪しげな看板の前にいた。

興味深げに石を手に取っては置いてを繰り返している。運が良かったから無料でここに来ることができたのに、まだ運気を上げたいのだろうか。

「この石をワイルドストロベリーの鉢植えの横に置けば……」

お得意の『風水』だと思われる知識をぶつぶつ呟いている彼女は、傍《はた》から見るとかなり怪しい。

自室にある小さな鉢植えが最近の姉ちゃんのお気に入り。今日も駅についてから水をやり忘れていることに気づき、一度家に戻ったくらいだ。どうやら、その鉢植え周りを風水グッズで固める計画らしい。

「よし」

急に声のボリュームを上げ鞄から金色の財布を取り出そうとする。

「無駄なお金を使うなんて」とリュックに水筒を押し込んだ彼女の顔が浮かび、俺は慌てて引き止めた。姉ちゃんのコートからは薄《うっす》らと防虫剤の匂いがした。

「お昼にしよう」

ベンチに戻ると姉ちゃんがそう言いだして、ランチタイムに突入した。

同じベンチに座り、二人の間に弁当箱を置く。勿論《もちろん》これも家から持って来たもの。蓋を開けた彼女は、中のおにぎりを見つめじつに嬉しそうに微笑んだ。

「こっちが鮭で、こっちが梅干」

まだ海苔《のり》を巻いていない白いおにぎりを指差し、中身をお知らせする。姉ちゃんは少し迷ってから梅干の方を手に取った。ほとんどいつも彼女が食事を作るのだが、おにぎりだけは俺の担当とされている。俺の握ったものはずんと重い。

「こんなに大きいと一個でお腹いっぱいになっちゃう私」

ラップで包んであった海苔を巻きつけながら姉ちゃんが言った。

「それはないな」と、心の中で呟きながら俺は鮭の方を手にした。おにぎりに力いっぱい海苔を押さえつけると、指の間から磯《いそ》の香りが広がる。適度にしっとりとした海苔が好きなのだ。姉ちゃんはぱりぱりと海苔を鳴らして頬張った後、沢庵《たくあん》を口に放り込む。俺が切った沢庵は、それぞれ厚さが違って不格好《ぶかっこう》だ。白米を三角形に握る以外、料理には自信がない。

おにぎり作りが上達したのにはわけがある。昔から『米の匂い』が一番好きで、間近でそれを嗅ぎたいがために姉がおにぎりを握っているといつも手伝っていたから。厳密にいうと、この世の中で一番好きな匂いは『米の炊ける匂い』。

小さい頃、夕飯時になると必ず炊飯器の前に座って宿題やゲームをしていた。蒸気穴から出る湯気の香りを楽しみながらその時を待つ。短めなメロディが炊飯器から流れてきたらいよいよだ。大きく息を吐きだし覚悟を決める。そして、極限まで顔を近づけ炊飯器の蓋を開く。もぁんと立ち上るほんのりと甘い香り。大人になった今でも、眼鏡を曇らせながら炊きたてのご飯の匂いを嗅いでいるひとときがどんな時間よりも幸福を感じる。すぐに「冷めるでしょ」と姉ちゃんから叱られるのだけれど。

食べかけのおにぎりに視線を戻すと具がこぼれ落ちそうになっていた。慌てて丸ごと口に押し込む。やはり一個では満たされず二個目のおにぎりに取り掛かっている姉ちゃんに、両頬を膨らませたまま声をかけた。

「ねぇ、お茶ちょうだい」

「自分の水筒があるでしょ？」

「おにぎりにカルピスは合わないだろ」

麦茶が入っている姉ちゃんの水筒を奪い取る。コップに注ぎ一気に飲み干すと、今度は梅干のおにぎりに手を伸ばした。


食事をするということはエネルギーを補給すること。

そんな当たり前のことを気づかせてくれるほど、昼食後の姉ちゃんは輪をかけて元気だった。「この調子なら全部に二回は乗れるわよ」と、乗車済みのアトラクションにも再び挑み始めたのである。さすがにそれには付き合いきれない。

園内をぬぼぉと見て回っていたら、三度目のスワンを乗り終えた姉ちゃんが声をかけてきた。

「いよいよ行くわよ」

「は？」

「ジェットコースターよ。わざと乗らないで焦《じ》らしてたの」

そうなのか、まったく気が付かなかった。

というか、どうでもいい。焦らすことにどれだけ意味があるのだろうか。

「お楽しみは後に取っておくタイプなの」

明らかに格好をつけた口ぶりで告げ、姉ちゃんは乗り場に向かい始めた。言いようのない恥ずかしさを感じつつも、ジェットコースターに惹《ひ》かれとりあえず追いかける。

『乗車制限。身長一一〇センチ以上』と記されたキリン型の身長測定板。

その横に並び、自分がそれ以上であることを何度もアピールしてくる姉ちゃんを見て待ち時間を過ごす。一七一センチある姉ちゃんは、行列に並ぶ女性客の誰よりも大きかった。

ようやく赤と白で塗装された車両に乗り込むと、姉ちゃんがこちらを見て目を剝いた。

「あんた、今も離せないの？　手」

膝の上の安全バーを握りしめている俺の姿を見て、鼻で嗤《わら》う。彼女曰く「ジェットコースターは両手を上げて乗らないと意味がない」そうだ。

「そっか……小さい頃からそうだったもんね」

姉ちゃんは『ドンマイ』的な優しい瞳で俺を見つめた。

勝手に慰めないでほしい。別に馬鹿にされても構わない。俺は、猛スピードの中でバンザイをする気になどなれない。体を全て任せられるほど安全バーを安全だと思っていないのだ。

その代わりといってはなんだが、俺には俺なりのジェットコースターの楽しみ方がある。発車と共に頭を左右に振り始め、スピードに合わせてその振り幅を大きくしていくのだ。こうすることで、実際の何倍もスリルを味わうことができる。子供の頃から、これだけはやめられない。

びーと大きな音が鳴り響き、赤白《あかしろ》の車両がゆっくりと動き出した。

隣では姉ちゃんが既にバンザイをしている。俺も負けじと、ゆっくり頭を振り始めた。

「あんた、馬鹿じゃない？」

地べたに這いつくばりながら、姉ちゃんが俺を睨んでいるようだ。視力が悪いのでしっかり分からない。でも、怒っていることは雰囲気ではっきりと分かる。

もしも時が戻せるならば一時間前に戻りたい。

まだ楽しかったあの頃へ。

のりのりで頭を振っていたあの頃へ。

花やしきのジェットコースターはそれほど速くなかった。ここの売りは『スピード』ではなく『狭さ』だ。『ぶつかるんじゃないかと不安になるほど民家のぎりぎりを通る』というアナログなスリルを楽しむものらしい。そのスピードに物足りなさを感じた俺は、いつも以上に頭を激しく振りだした。それがいけなかったのだ。

左右の首振りとジェットコースターの縦揺れが生み出したハーモニーにより、俺の眼鏡はずり落ち始め、揚句の果てに飛んで行った。

その瞬間は、不思議と心穏やかだった。むしろ、ちょっとした笑い話ができたくらいにしか感じなかった。停車地点が見えてきた頃、姉ちゃんに事の顛末《てんまつ》を笑顔で告げると、まだバンザイを続けていた彼女の両手が一気に下がった。

「はぁ？　何やってんの？　そんなことしたら落とすに決まってるじゃない。私だって帽子取って乗ったのよ」

『より子』と刺繍が入ったニット帽を突きつけながらの激しい叱責。足を五度ほど踏みつけられる。想像していたリアクションと違う様子を見て、初めて事態の重大さに気づいた。

姉ちゃんの直感通り、眼鏡は見つからなかった。係員に聞いてみても「届いていません」。一時間探してもレンズ一枚見あたらない。その間、姉ちゃんはずっと文句を言い続けた。

「あんたといると碌《ろく》なことがない」

と、始まり、

「さっき開運の石買っとけばこんなことにならなかったかも」

と、展開され、

「大体あんた、食べ終わった食器洗いなさいよ」

と、まるで関係ないところに発展していった。

姉ちゃんは文句を言いながらも眼鏡を捜してくれている。冬は、日が暮れるのが早い。暗くなってきた地面に目を凝らし、彼女の後ろに続く。

「同じ所見ても意味ないでしょ」

それもそうだと慌てて体を反転させ、反対に進んだ。

いつもより、吹きつける風が冷たい気がする。当たり前か、顔面が剝き出しになっているのだから。いつもなら眼鏡がガードしてくれるのに。

急に寂しい気持ちになった。

『ずっと一緒だ』と勝手に思い込んでいた俺の眼鏡は、今はもういない。

ふと、好美を思い出す。

彼女のことも『ずっと一緒だ』と思っていた。

何だかとても落ち込んできた。眼鏡を一つ失うだけで、こんなにも人間は感傷的になってしまうのか。自分の心に驚いた。

こういう時は楽しいことを考えよう。そうだ、平松先生だ。

平松先生は、中学時代の俺の担任で姉ちゃんの元担任でもある。姉ちゃんを受け持っていた時に彼女のことを『小野寺』と呼んでいたそうで、俺のことは『小野寺の弟』と呼んだ。あくまでも俺に対しての基準は姉ちゃんらしく、何かにつけて『小野寺より上手《うま》いな』とか『小野寺はもっと頑張ってたぞ』と比べられた。俺も『小野寺』なのでいつも変な気分だった。

この初老の体育教師の特技は『言い間違い』。本人にその自覚はないようだったが、何かにつけて笑わせてくれた。

『ぎっくり腰』を『へっぴり腰』と言い間違えるなど序の口で、『カルボナーラ』を『ボラギノール』、『喉のポリープ』を『喉のブリーフ』、ある時は学校に掛かってきた電話に対し『お電話が少し遠いようで』と言ったつもりが『お耳が少し遠いようで』と告げたらしい。

思わず笑みがこぼれる。悲しみが和らいでいるのを感じた。ありがとう平松先生。

「あんた、ちゃんと捜してる？」

背後から冷たい声に襲われた。すぐさま笑みを消し、姉ちゃんへ振り返る。

「え？　捜してるよ」

「嘘、今へらへらしてたでしょ」

「いや、全然見つかんないから、まいったなと思って」

「そんな感じに見えなかったけど？」

訝《いぶか》しがる姉ちゃんの視線。それを避けるように、慌てて眼鏡捜しを再開する。だが、前かがみで歩き出したところで、ぼんやりとしか見えていなかった縁石に躓《つまず》き派手に倒れた。

「いっつぅ……」

膝をさすりながら顔を上げると、平坦な口調で姉ちゃんがゆっくり告げた。

「もういい」

遂に呆れられてしまったようだ。「帰る」と言い出すかもしれない。

「ごめん」と詫びようとする俺を遮るように姉ちゃんは屈伸運動を始めた。

「あんた、邪魔になるから座ってな」

こういう時の姉ちゃんは本当に頼もしい。「はい」と小さく返事をし、お言葉に甘えてベンチに座る。かじかんだ指先を嗅ぐと、まだ微かに安全バーの鉄の匂いがした。

すっかり日が沈んでしまった。園内にはひんやりとした風がひゅうひゅう吹いている。

冷たそうな芝生《しばふ》に手をつき眼鏡を捜す姉ちゃん。四つん這いのその姿を見ていたら、平松先生言うところの『へっぴり腰』が心配になった。

「本日のご来園ありがとうございました。まもなく閉園させていただきます」

『蛍の光』と共にアナウンスが流れ始めた。

眼鏡は結局見つかっていない。疲れきった様子の姉ちゃんはお手洗いに行ったきり長いこと戻って来ない。

もう諦めよう。少し太めの黒縁が愛らしく、とても気に入っていたのだが仕方がない。掛け心地が抜群で顔に馴染《なじ》んでいたのだが仕方がない。

ようやく心を決め、ベンチから立ち上がる。

「がった！」

突然、姉ちゃんの声が園内に響き渡った。声のした方に目を向けると、見慣れたおかっぱ頭が全速力で走って来ている。ダッフルコートを靡《なび》かせながら彼女はまたも叫んだ。

「がった！」

『がった』とは、どうやら『あった』と言おうとして興奮のあまり呂律《ろれつ》が回らなくなってしまった結果のようだ。みるみる近づいてくる姉ちゃんの手には、俺の眼鏡が握られていた。

どうやって飛んで行ったのか、入り口付近のスワンの横に落ちていたらしい。一気にまくしたてて説明を終えると、姉ちゃんは俺に眼鏡を差し出した。

その姿は変わり果てたものだった。

レンズにはひびが入り、ご自慢の黒縁もぐにゃりと曲がっている。

見るも無残な眼鏡を受け取り、とりあえず耳に掛けてみた。押さえていないと右側がずり落ちてしまうけれど、ひびの入ったレンズ越しに見えた夜の遊園地はなんだかとても綺麗だった。

「……よかった」

思わず漏れたひとりごとが白い息になって夜空に消えていく。もう冬が近いのだ。汗が冷えてきたのか、姉ちゃんは白いニット帽を被り直すと、その上にダッフルコートのフードを被った。

もこもこしたニット帽の上に厚手のフード。

寒さ対策としては評価できるが、女性としてはどうなのだろう。ただでさえ女らしくない姉ちゃんが、おじさんのように見えた。

フードを外すよう無言の圧力をかけてみる。

じっと頭部を見つめていると、視線に気付いた彼女はぼそりと呟いた。

「別にいいでしょ。ラッパーみたいで」

まるでそうは見えなかったが、姉ちゃんの口から飛び出した似つかわしくないフレーズに思わず噴き出す。白い息を吐きながら笑っていると、眼鏡がずり落ちた。

今度は姉ちゃんが笑う。

その笑顔は、自然な感じで案外上手に笑えていた。

第四章　「だったら自分で選びなさいよ」

開店時間の五分前。九時五十五分に、自動ドアのスイッチを入れるのは私の仕事。機械の声が「イラッシャイマセ」と告げドアが開くと、冷たい空気が流れ込む。一度の開扉だけで店内は一気に冷え込んでしまう。この時期、カイロは欠かせない。今日もひそかに腰に四枚。

私が働いている『さがね眼鏡店』は西武新宿線沿いのとある駅の近くにある小さな店で、還暦をちょっと過ぎた嵯峨根《さがね》社長と奥さんの千鶴さん、そして私という布陣でお客様をお迎えしている。

週二回だけ、アルバイトの子がやって来る。社長の友人のそのまた友人の娘さんだという斎藤ちゃんはいわゆる今時の女の子。誕生日が近いこと以外は私と似ているところは何もない。彼女が働きだして二度目の冬がやってきたけれど、『エリマキトカゲ』を知らなかったり、『ボディコン』を『ファミコンみたいなもの』だと思っていたりと、ジェネレーションギャップを感じることも多く未だに打ち解けられていない。というか、彼女に私は嫌われている。多分、勤務態度のことを一度注意したせいだろう。

職場のメンバーで忘れてはいけないのが、セキセイインコのキューーちゃんだ。目の覚めるような黄色い羽毛で全身を覆われた五歳の女子。斎藤ちゃんよりも古株である。私の趣味の一つである風水によると『西に黄色い物を置くと金運が上がる』のだそうで、以前そのことを千鶴さんに伝えたところ、翌日から二階で飼っていたキューーちゃんの籠を西側の出窓に置くようになった。あれから三年。今ではキューーちゃんは、機械の声を真似て「イラッシャイマセ」と喋る。「アリガトウゴザイマシタ」と発したこともあるが、それはごく稀《まれ》。『特別なお客様』への言葉なのか、ここ数ヶ月は披露していないので、次はどんなお客様に告げるのか密かに楽しみにしている。

ちなみに、キューーちゃんを初めて店内に置いた日は不思議なことにお客さんが多かった。だから、あれ以来、千鶴さんは風水に夢中になっている。今年に入り風水以外の開運アイテムにも手を広げているらしく、先日は『花が咲くと夢が叶《かな》う』と言い伝えられている『ワイルドストロベリー』の種を私にくれた。なんでも、彼女の知り合いは『ワイルドストロベリー』の花が開花した直後に今の旦那さんと出会ったそうだ。長いこと交際相手のいない私を気遣って種をくれたのだと感じ、気恥ずかしくて戸惑っていたら、

「とにかく育ててみなさいよ。夢が叶うし、できたイチゴは食べられるし、お得でしょ？」

と、説得された。『夢』と『イチゴ』を並列する辺りに千鶴さんのおおらかさを感じる。最近の私は暇さえあれば鉢植えを眺めてしまうくらいワイルドストロベリーの花が咲く日を心待ちにしているが、私と同じくらい彼女も待ち侘《わ》びてくれている。

そんな千鶴さんの横でいつもひっそり立っているのが嵯峨根社長。派手なネクタイばかりが目立ち、それ以外の印象がぼやけてしまう程の素朴な風貌。セキセイインコを九官鳥と間違えて購入し、九官鳥らしい名前をインコにつけてしまう辺りにも社長の人柄が滲み出ていると思う。毎日、ほぼ真っ白な売上ノートを見つめては必死に商品を売る策を練っているが、いつもそれが的を外している。先週は、『店長のつぶやきブログ』なるものを開設したものの、それが直接客足に繋《つな》がるわけもなく、逆に日

に何度も頻繁に更新していることで店が繁盛していないことを暗に匂わせてしまった。柱時計が十時を告げた。静かな店内にぼーんぼーんと重厚な音が響く。

お客様が来る気配は全くない。

これが、いつもと変わらない朝の光景。


そして、いつもと変わらず一日が過ぎていく。

定位置からずれている眼鏡を元に移動し、一つ一つ指紋を拭き取る。「早く売れろ」と心を込めて丁寧に。角度を変えながら時間をかけてレンズを拭いていると、それぞれの眼鏡に愛着が湧いてくるから不思議だ。その横で斎藤ちゃんは大きな欠伸《あくび》をして睡魔と闘っていた。きっと昨夜は遅くまで遊んでいたのだろう。目の下にうっすらくまができている。今度は居心地よさそうに大きく伸びを始めた。

やはり私と彼女は似ていない。この『何もやらなくていい状態』は私には居心地が悪い。お客さんがいなければ座って休んでいればいいのだろうけど、結局いつも眼鏡を磨いてお客さんが来るまでの時間を潰している。ふと、斎藤ちゃんと目が合った。なんとなく不服そうな瞳が『仕事してますアピール』するなと訴えているように思えた。別にそんな意味などないのに。

昔からそうなのだ。

余った時間の使い方が分からない。修学旅行でも遠足でも自由時間が苦手だった。学校行事で班長になることが多かった私は、時間が余らないよう、いつも念入りに自由行動の計画を練った。でも、なぜか毎回時間は余ってしまう。予定通りに動きすぎて、集合場所に早く着いてしまうのだ。お店に入るには短すぎ、じっとしているには長すぎる中途半端な時間。周りの子達は、適当に喋ったり歩いて回ったりしているのに、私にはそれができない。内容のないお喋りにはすぐに言葉が続かなくなるし、目的地がないのに歩くことなどできない。結局リュックの荷物を全部出して整理し直したり、靴紐を綺麗に結び直したりを何度も繰り返す。眼鏡のレンズを拭き直す行為と全く同じ。一度『時間を余らせない方法』を進に相談してみたが、話にならなかった。弟は計画通りに行動するのが苦手なのだそうだ。何か忘れ物をして取りに戻ったり、急にトイレに行きたくなったりして、気が付くといつもぎりぎり。『時間が余る』ということ自体ぴんと来ないようだ。逆に『時間を余らせる方法』を相談されたので話を切り上げた。

そういうわけで、お客さんの少ない昼前は嫌いな時間帯。この数時間は、有意義に過ごそうとはしているものの、どこか持て余している感が出てしまっていると思う。

けれども、今日は月曜日。いつもの昼前とはちょっと違う。週に一度、納品のためにあの人がやってくるのだ。

コンタクトレンズメーカーの営業担当である浅野さんは、私より三つ若い。仕事は丁寧だし、人当たりも良く嫌味がない。身に着けているネクタイも鞄も靴も、さりげなく可愛らしくてセンスが良い。見るからに『できる男』。

お箸の持ち方がとても綺麗そう。

焼き魚を上手に食べきりそう。

でも、カレーライスは後先考えずに頬張ってライスを余らせてしまうような少年ぽさも持ち合わせていそう。

そんなイメージ。

『人を見る目には自信がある』が口癖の嵯峨根社長も浅野さんを買っているらしく、いつも「うちの社員になればいい」と声をかけている。そのたびに満更でもない顔で微笑む浅野さん。彼は笑うと、ぐっと幼い表情になる。特に大きく笑った時に見せるくしゃっとした笑顔は心の底から楽しそうで可愛い。

『うちの社員になればいい』と私も思う。陳列棚の前で丁寧にレンズを拭う彼を想像してみたら、思わず溜息《ためいき》がこぼれた。

だけど、浅野さんが社員になるということは私が社員からパートに降格することを意味する。もう一人社員が増えたらこんな小さい店はすぐに潰れてしまうから。となると、浅野さんには『うちの社員になってもらわない方がいい』。

気がつくと、また溜息がこぼれていた。今度は全く違う意味で。

どうしてこうなんだろう。想像の中であっても、私は現実的なのだ。誰にも邪魔されないんだからもっと自分好みのストーリーを思い描けばいいのに、いつも私の想像は灰色に曇っていく。

せっかく浅野さんに会える日なのに心まで曇ってきた。こんな気持ちのままでは、爽やかなあの笑顔を直視できない。

気持ちを切り替えようと、カーディガンのポケットからゴルフボールほどの黒い石を取り出した。

『今日の私にはこれがある。前向きになれ私』

心の中で唱えながら石をぎゅっと握る。

この丸い石は、先日訪れた花やしきで手に入れた開運グッズ。その名も『開運の石』。そのまんま過ぎるネーミングに胡散《うさん》臭さを感じたのか、あの日、進はこの石を購入しようとする私を制止した。一度は引き下がってみたけれど、閉園間際、密かに入手していたのだった。

あの時、刻一刻と閉園時間が迫る中、進の眼鏡を捜し出せず私は佇《たたず》んでいた。すっかり日は沈み、空気も冷たい。来園者はぞろぞろとゲートに向かい始めている。「もう諦めよう」と進に告げようとした瞬間、頭をよぎったのが『開運の石』。数時間の捜索も徒労に終わり、藁《わら》でも何でもすがりたくなっていた私にはとても頼もしい存在に思えた。再び購入を止められても厄介なので進には洗面所に行くふりをして売店に向かい、ようやく手に入れたのである。眼鏡を見つけたのはそれからすぐのことだった。売店を出てスワン乗り場を横目にベンチへ歩を進めていると、パンジーの植え込みに見慣れた黒縁眼鏡が突き刺さっていたのだ。その光景に唖然《あぜん》とする私の手には、買ったばかりの『開運の石』が握られていた。

未だに進には石のことを告げていない。何を言っても「偶然だよ」と一蹴されるだろうから。確かに偶然と言えばそれまでだけど『偶然も実力のうち』と考える私は『開運の石』の力を高く評価している。だから今日もポケットに忍ばせて来たのだ。

浅野さんに会うこの日に。

『何か良いことがあるはず。前向きになれ私』

またも石をぎゅっと握る。

とりあえず、今日は積極的に話しかけてみようと心に決めた。


十一時四十五分。いつも通りの時間に彼はやって来た。

スーツの前ボタンを外して、すぐさま納品作業に入る浅野さん。グレーの地味目なスーツだがさらりと着こなしていて清潔感がある。仕事する彼の背中を見つめながら、会話の糸口を探してみる。

「そのスーツ、とっても似合ってますね？」

これでは、今までのスーツが似合っていなかったように伝わりそうで気まずい。

「そのスーツ、どこで買ったんですか？」

これだと、どういう答えが返って来ても「へぇ」としか言えないので気まずい。

「そのスーツ、どうして買ったんですか？」

ただ気まずい。

一旦スーツから離れよう。別にスーツにこだわる必要はない。むしろ私は紳士用スーツに疎《うと》い方だと思う。他に何か話題はないか考えを巡らせているうちに浅野さんが納品を終えてしまった。

焦ることはない。彼は手際がいいので仕事自体はいつも数分で終わる。その後が長いのだ。待ってましたとばかりに社長が彼の背後に近づいていく。そのまま浅野さんは引き止められ、お茶の相手をすることになる。お茶とは、社長が新たな客層を引き込もうと少し前まで店先で売っていたローズティーの売れ残りである。わざわざ眼鏡屋でお茶を買ってくれるお客さんは残念ながら最後まで現れなかったが、そのお陰で浅野さんの滞在時間が増えているのは確か。だから、機会はまだあるはず。

お客様用の鏡を覗き、髪型を整える。おかっぱ頭は少しの乱れがとても目立つ。髪の乱れと共に心も整え、声をかけるその時に向け気持ちを高める。

「お疲れ様ですぅ」

甘ったるい斎藤ちゃんの声が耳に届いた。丸椅子に腰を下ろした浅野さんに満面の笑みでローズティーを出している。さっきより明らかに顔色がいい。目の下のくまはコンシーラーで綺麗に隠されていた。いつの間に化粧を直しに行ったのだろう。

浅野さんを前にした斎藤ちゃんはどこか変だ。何度も睫毛《まつげ》をぱちぱちさせたり、瞼《まぶた》を閉じて上に持ち上げては奥二重を強引に二重にしたり、反応もいちいち大袈裟《おおげさ》だ。仕事をせずに温存していた力をここで使っているのかもしれない。いつもはぶっきらぼうな歩き方が綺麗になるし、心なしか肌の露出も多い。つまり、月曜日の斎藤ちゃんはちょっと気に入らない。

「え〜、おもしろぉい」

浅野さんの腕を摑み、斎藤ちゃんは白い歯を見せて大笑いしていた。社長も千鶴さんも楽しそうに笑っている。私もあんな風に歯を気にせず笑えたら、輪の中に入っていけるのだろうか。

「ごめんなさい。読書の邪魔しちゃいましたよね」

そう言って浅野さんが彼女の机に視線を向ける。その真ん中には、開かれたままの文庫本がうつぶせで置かれていた。あからさまな『今まで読書していましたアピール』。本当に本を愛する人はあんな置き方をしない。開き癖がついてしまう。浅野さんはその本を読んだことがあったらしく内容について話題を振るが、彼女は何度も頷きながら「いいですよねぇ、春樹」を繰り返している。きっと最初の数頁しか読んでいないのだと思う。

「可愛いですね、これ」

横に置かれた栞《しおり》を手に取り浅野さんが言った。白いレースが縫いつけられたファンシーなデザインで、いかにも斎藤ちゃんぽい。

「あ、見つかっちゃいました？　それ自分で作ったんです」

「へぇ、すごいな」

「私、こういうの作るの好きなんですよぉ」

斎藤ちゃんは誇らしげに胸を張ると、奥二重をまた二重にした。

栞くらい私も作ったことがある。

もう何年前になるのか、あれは進が高校に進学した頃。当時、進はなんだか元気がなくて、入学して間もないにもかかわらず学校に行かず家に籠《こも》って本ばかり読んでいた。何を言ったか分からないが、新学期での自己紹介で失敗したらしい。彼はすべり出しで躓くとなかなか起き上がれないタイプなのだ。そんな塞《ふさ》ぎこんでいる弟を元気づけようと作ったのが栞。といっても斎藤ちゃんのように手が込んだものではなく、からし色の模造紙を切って作ったシンプルなものだ。そこには黒いサインペンで小鉢のイラストを描き、その小鉢の表面には『酢味噌』と文字を記した。手は込んでいないが、気持ちはぎゅっと詰まっていた。

進が
皆から愛される
存在になりますように

その頭文字をとって『酢味噌』。私的にはかなりの自信作だったのだが、受け取った本人は顔をしかめていたので意味は告げずにいる。

今でも、あの栞が『弟を気遣って姉が作った栞』であることを弟は知らない。知る必要がないし、むしろ、知らない感じがなんかいいなと思っている。

この話を聞いたら浅野さんはどんな反応をするだろう。『酢味噌』のくだりまで話すと『いい人アピール』に思われてしまうかもしれない。全ては話さず、栞を作ったことがあるとだけ告げてみようか。気持ちを固め、会話に加わろうと歩み出たら話題は栞ではなくなっていた。

どういう経緯でそうなったのか、浅野さん達は『福井県の話』で盛り上がっている。

全く参加できる気がしない。

私は福井県には行ったことがなく知識もない。名産品も浮かばない。

このまま今日も、大した会話もせず浅野さんとお別れすることになりそうだ。

「あれ？　どうしてこういう話になったんだっけ」

社長が話の流れを止めた。

「あなたのせいでしょ」

笑いながら千鶴さんが怒った。

「あなたが『しおり峠ってのが新潟にある』って言い出して、そこから『新潟で食べた美味しいものの話』になって『美味しかったといえば福井で食べた越前そば』って」

「あぁ、それで福井か」

千鶴さんの解説に膝を叩《たた》く社長。浅野さんは「そうですそうです」と何度も大きく頷いている。そして頷きを終えた直後、彼の口は斬新な提案をした。

「じゃあ、栞に話を戻しますか」

え？

まさかの展開。おかえりなさい栞さん。

ここを逃したらチャンスは二度とないだろう。慌てて会話に加わろうと口元に手を添え口を開いたその時、機械の声が「イラッシャイマセ」と告げた。

すぐさま入り口に向けお辞儀をする。

顔を上げると、そこには見慣れた男が立っていた。

ひん曲った眼鏡を右手で押さえ、進は小さく左手を上げる。

相変わらず間の悪い男だ。「眼鏡変えるならうちの店においで」とは言ったけれど今じゃなくてもいいだろうに。

「いらっしゃいませ」

お客様に応対するかのように告げ足早に近づくと、小声で文句を浴びせることにした。

「何でこんな早く来んのよ。月曜だったら昼以降って伝えたでしょ？」

初めて見る店内を見回しながら進は呟く。

「いや、たまには計画通り動こうと思って早く家出たら、早く着き過ぎちゃってさ」

なんと皮肉なことだろう。こんな日に限って『時間を余らせる方法』を成功させるなんて。

どうも今日はついていない。『開運の石』を持っているのにどうして。

もしかすると、あの日、眼鏡を発見するという大きな幸運を授かったので一気に効力が切れてしまったのかもしれない。そういえば、あれ以来、特に幸せな出来事もない。急に不安になってきた。千鶴さんから頂いた『ワイルドストロベリー』は芽を出したばかりでまだまだ花を咲かせそうにない。今日の私に幸運が訪れる可能性は限りなく低そうだ。

そうなると、さっさと進は追い返すべし。遊園地で眼鏡を紛失するほど運の悪いこの男はどんな不幸をもたらすか計りしれない。ましてや今日は浅野さんがいる。

「あんた、もう帰ったら？」

「はぁ？」

「今日じゃなくてもいいでしょ？」

「こんな眼鏡じゃ不便なんだよ。早く新しいの」

言葉を遮るように近くにあった商品を適当に摑み差し出した。

「じゃ、これにしなさいよ、決まり」

その丸いレンズのサングラスをまじまじと見つめ、進は口を開いた。

「ちゃんと選んでよ、俺、お客さんだよ？」

ごもっともなご指摘を受け言葉に詰まる。途方に暮れる私の背中越しに快活な声が聞こえてきた。

「あ、来週の納入分なんですが」

どうやら我々の様子は気になっていないようで浅野さんは業務確認を始めている。

栞の話題は終わってしまったけれど、とりあえずは一安心。絶対回避したいのは彼に進を紹介すること。無神経な進は、面と向かってあのあだ名を呼びかねない。それ以外にも私の余計なことまで口走りそうだ。そうならない為にも浅野さんには進を『普通のお客様』だと思わせるべきである。

「では、こちらはいかがでしょう？」

少し鼻にかかった接客用の声を出し、眼鏡を手にする。

「何だよその喋り方」

進の突っ込みを聞き流し作戦を進める。このまま普通に眼鏡を選び、普通に眼鏡を購入し、普通にレンズの度数を調べ、普通にすたすた出て行けば、進は『普通のお客様』だ。

「最近人気の形なんですよ」

笑顔を作り、赤いフレームの眼鏡を渡す。進は無言で元の場所に戻した。

「ではこちらの鼈甲《べっこう》は？」

「似合わない」

「このオフホワイトのフレームはいかがでしょう？」

「オフホワイトって……」

渡しても渡しても、弟は首を縦に振らない。「派手だ」と文句を言ったと思ったら、次は「地味だ」と突き返す。次第に私も苛々してきた。

「だったら自分で選びなさいよ！」

思わず放った一言は、思いのほか店内に響き渡った。

会話の隙間というか店内が一瞬静まり返った時の発言だったらしい。今の声は聞こえてしまったかもしれない。浅野さんの反応が気になる。だけど彼の顔を確認することができない。もし、目が合ったら何と説明していいか分からないし、どぎまぎする姿を弟に見られたくない。

顔を伏せたまま、全神経をあちらの会話に集中させる。柱時計が秒を刻む音に続いて耳に届いたのは浅野さんの声だった。

「これはまだ入荷は必要なさそうですね」

いつもと変わらない在庫確認。ほっと胸を撫《な》で下ろし隣に目を向けると、進がしょぼくれた顔をしていた。どうやら緊張で強張《こわば》った私の表情を『怒っている』と勘違いしたようだ。口を尖らせた弟は情けない声を出す。

「だって、自分じゃいいの選べないし」

……やはり私は、彼を甘やかしてしまったのかもしれない。

父と母がいなくなったあの日、私の中の姉心に火がついた気がする。あの時から、親代わりとして面倒を見ようと何に対しても世話を焼いてきた。その弊害が、何に対しても姉を頼る癖。止めさせたいのに、心もとない弟に、つい手を差し伸べてしまう。

もう何年もの間、彼の成長を見ていない気がする。進の身長が今のサイズに落ち着くまでは、その変化を日々喜べていたのに。

初めて弟の成長を感じたのは、まだ進がおまるに跨《また》がっていた時分。私の似顔絵を書いてくれたあの時だ。私の顔は緑のクレヨンで塗りつぶした円の集まりにしか見えなかったけれど、とても感動したのを覚えている。よくよく目をこらすと、円の集合体でちゃんと私のおかっぱ頭が表現されていたのだ。プレゼントされた似顔絵を眺めながら、当時の私は「随分大きくなっちゃって」と自分も子供だったくせに呟いた。

もう一度、弟の成長を噛みしめたい。

だからこれは闇夜の提灯《ちょうちん》。このまま勘違いされていよう。『怒っている』を強調するために眉間《みけん》に皺《しわ》を寄せてみる。ついでに腕も組んでみるか。すぐさま、進のしょぼくれ度合いが進行していく。つまみ食いを叱られた時と同等のしょぼくれ顔になった頃、進は自ら眼鏡を選び始めた。無難な黒縁に焦点を定め、しっくり感を確認している。だが一度も眼鏡をかけた姿を鏡で確認しようとはしない。弟は鏡を見るのが嫌いなのだ。きっと自分に自信がないのだと思う。

ふと、首すじ辺りがちりちりして誰かの視線を感じた。斎藤ちゃんだな。私が男の人と気さくに喋っているのが珍しいのだろう。牽制する意味も込めて勢いよく振り返ると、浅野さんがまっすぐこちらを見つめていた。

一気に耳の後ろが熱くなっていく。

今、凄く変な顔してた私。どうしよう。私、変な顔してた凄く今。

素早く顔を背《そむ》けても耳元の熱さは止まらず全身に広がる。カイロなんて貼《は》らなきゃよかった。ワイシャツがじんわりと湿っていく。それにしても、浅野さんはなんと爽やかなんだろう。側《そば》に比較できる人物がいると、彼の魅力を一層実感してしまう。比較対象の男は、ぼさぼさの頭を掻きながら尚も眼鏡を物色している。その顔にはぐにゃぐにゃに曲がったみすぼらしい眼鏡。同じ男性でもこんなにも違うなんて、月とスッポン。『ひつまぶし』と『ひまつぶし』程の差を感じる。ふと、『ひまつぶし』が頭を掻く手を止めた。何やら私の背後に視線を向けている。いつの間にか浅野さんが立っていた。

「こんにちは」

弟に向かい頭を下げる彼。進は小さく会釈を返すと、面識のない人間の登場にまごつき始めた。指の先まで熱に侵された私の身体は俯《うつむ》くこともできず固まっている。

「そちらの方と、仲良いんですね」

穏やかな面持ちで浅野さんが私を見つめた。

「もしかして、小野寺さんの彼氏さん？」

その言葉にどきりとして思わず進を突き飛ばす。おかっぱの乱れも気にせず、私は大きく首を横に振った。

「弟なんです」

慌てて浅野さんに紹介するが、私の取り乱した態度が何を意図しているのか弟には理解できていないように見える。

「こちら浅野さん」

進は名前を聞いてもぴんと来ていない。息を整え「コンタクトレンズメーカーの浅野さん」と丁寧に紹介し直す。今度はコンタクトレンズ部分を強調しつつ「お願いだから、もう帰れ」と目で訴えかけてみた。

ありがたいことに進は何らかのメッセージを受け取ってくれたようだ。

彼は「あぁ」と大きく手を叩くと嬉しそうに言葉を発した。

「ワンデーの人？」

やはり、『開運の石』の効力は切れてしまったらしい。

きょとんとしている浅野さんの視線を感じながら自動ドアに向け進を押していく。

「何？　何？　何？」と振り返る男には目も合わせずひたすら背中を押す。静かに自動ドアが開くと冷たい風が吹き込んできた。

北風舞う店外に『普通のお客様』ではなくなった男を押し出す。

キューちゃんにとっても『特別なお客様』に感じたのか、店を出る進の背中に喋りかけた。

「アリガトウゴザイマシタ」

第五章　「ありがとう…サンキュー…おおきに」

この世には、顔色を窺う人間と窺われる人間がいる。

間違いなく、俺は後者だろう。

口数が少ないくせにすぐ顔に出てしまうせいなのか、とにかくじろじろと顔を見られることが多い。今日も気を抜いた途端、また谷口君に余計な心配をさせてしまった。

「すみません、僕の説明分かりにくかったですか？」

一瞬の表情の変化を見逃さないのは、さすが営業担当。相手が何を考えているかを察知して、謝ったり褒めたり、直接人と関わる仕事は大変だろうなと、つくづく思う。

ただ、谷口君の残念なところは『察したことが大抵見当違いである』ということだ。

欠伸をこらえて眉間に力が入ってしまっただけなのに、怒っていると判断されたらしい。急いで否定しようとしたが、彼が頭を下げる方が早かった。斜め四十五度の角度で丁寧に頭を下げる谷口君。見当違いの謝罪を終えると、再度、企画説明を始める。顔を紅潮させながらも額に汗して力説する姿に、こちらは睡魔との闘いに打ち勝ち集中しなくてはと胸に誓う。

谷口君の顔にきりりと視線を向けると、ふと、居間に飾られている赤べコが頭に浮かんだ。

「この方角に赤いものを置くと健康運が上がる」と姉ちゃんが買ってきた牛の置物は、前を通る度に彼女が触るので、いつも首が上下に動いていて見ているだけで肩が凝りそうになる。真っ赤な顔でぺこぺこと頭を下げるその姿は、谷口君にとても似ているのだ。俺にしては、なかなか秀逸な喩《たと》えだと思う。この大発見を誰かと共有したかったが、生憎《あいにく》会議室には俺と彼の二人きり。さすがに本人に伝えるわけにはいかないので、顔を書類で隠しながらほくそ笑んでいると谷口君に顔を覗かれた。

「何か参考になります？　その書類の匂い」

谷口君は、またもや見当違いな察知をし、嬉しそうな顔で説明を切り上げた。

「では、宜《よろ》しくお願いします」

部屋を出て行く彼の背中を見つめながら侘《わび》しさを感じる。正解不正解はさておき、何事も察知することに長《た》けているはずの谷口君を以《もっ》てしても、俺の変化には気付かないらしい。

眼鏡を新調して三週間。依然として誰もそれには気付かない。

理由は自分でも分かっている。店に着くまでは「ちょっと冒険してみよう」と意気込んでいたのに、結局以前使っていたメガネとほぼ同じ型のものを購入してしまったから。自分の守りの姿勢がつくづく嫌になる。（今年の心残り第3位）

白衣に袖を通しながら研究室へ向かう。眼鏡に白衣に天然パーマネントといういでたちは職場でもかなり目立つ存在らしい。何だか小学生が想像する科学者みたいだと、よく皆にからかわれているが、別に爆発実験なんてしていない。ドリフのコントみたいだと笑われ『ドリフ』というあだ名をつけられそうになった時は本気で抵抗した。妙なあだ名をつけられるのは学生時代の『小野寺の弟』だけで充分。

調香師という仕事は、一般的にはあまり知られていない。とても簡潔に言ってしまえば、香りを作る職業のこと。仕事は、大きく二つに分けることができる。食品に使う香料を調合するフレーバリスト。食品以外に使う香料を調合するパヒューマー。国家資格ではないが、何千とある香りの特性や組み合わせを自分の嗅覚で記憶し、感性と分析データを融合させて新しい香りを生み出す。こういうと、聞こえは華やかだけど、実情はとても地味。根気が試される作業であるのも事実だ。

俺が勤めている香料会社では、入浴剤に使う香りの調香をしている。最近はインパクトや珍しさを求められることが多く、香りのテーマも多様化し、毎回営業担当からとんでもないテーマを突きつけられる。

今回のテーマは『ありがとうの香り』。

「ありがとう」と言われた時や「ありがとう」を告げた時のような、温かくて優しい香りを作って欲しい。そんな無茶な依頼を谷口君が引き受けてきてしまったのだ。

この職についてもう十年。それなりに職場では信頼されているし、頼まれた仕事はしっかりこなしてきたつもりだが、今回は全く自信が持てない。谷口君に気を遣い何も言わなかったけれど、今の所アイデアは皆無。仕方なく目についた香料の瓶を並べて、インスピレーションが湧くのをひたすら待つ。

「ありがとう…サンキュー…おおきに」

瞼《まぶた》を閉じて、それっぽい感じで呟いてみるが何も浮かんでこない。

諦めて目を開くと、机上の昆虫フィギュア達が応援してくれていた。机を囲むように立っているゴム製の彼らは、ジュースのおまけ。ヘラクレスオオカブトがどうしても欲しくて集め始めたのに、結局それだけが手に入らぬままおまけ付きキャンペーンは終わってしまった。(今年の心残り第2位) そんな彼らの応援を受けても『ありがとうの香り』は漂ってこない。

闇雲にいくつかの香料を組み合わせてみるがどれも遠い気がする。頭と鼻をフル稼働させようとしても、どうにも集中できないのだ。

理由は自分でも分かっている。昨夜《ゆうべ》、姉ちゃんと喧嘩したから。

昨日は、珍しく早めに仕事が終わり、ラッシュ前に乗ってしまおうと真っ直ぐ駅へ向かった。それがいけなかったのか、丁度来ていた電車に飛び乗ったのがいけなかったのか、空席に座ったのがいけなかったのか、今ではそのどれもが悔やまれる。

夕日で茜色《あかね》に染められた車内はやけに静かだった。がたんごとんと線路を進む音が心地よくて、俺は帰宅タイムを満喫していた。ぼんやりと眺めた中吊り広告の中に、中学生当時好きだったアイドルがヌードになったという記事を見かけセンチメンタルな気分に浸りかけた時、大きな荷物を抱えた女性が中野駅から乗り込んで来た。ベージュ色のファーコートと白いマフラーを纏《まと》った彼女の手には、派手な向日葵がプリントされた大き目なバッグ。夏と冬を共存させたちぐはぐな格好を横目で観察していてはっとした。そのちぐはぐさんは、あの日、手紙を届けた岡野薫さんだった。

重そうに荷物を持ち直しながら、彼女は俺の隣にゆっくりと腰掛ける。他にも空席があるのに、なぜ隣へ？　またも横目でちらりと見ると大きな瞳がこちらを向いていた。

「やっぱり、あの時の」

嬉しそうに会釈をする彼女は夏に会った時より少し痩せたようで、マフラーの下から見える首すじが妙に細く感じられる。髪も切ったらしい。やけに岡野さんのことを覚えている自分に気が付き、恥ずかしさに襲われた。横からふわりと漂ってくる石鹸《せっけん》の匂いにまで動揺してしまう。

「今、病院に行って来たんです」

彼女は、言葉とは不釣り合いなほど明るい笑顔でマフラーを巻き直した。

「どこか悪いんですか？　あ、すみません。無神経なこと訊いちゃって」

一人であたふたしている俺が滑稽だったのだろう。彼女は目じりを下げながら膝に置いている大きなバッグを指差した。

思わずびくりと身を竦《すく》ませる。指されるままに視線を移した途端、バッグがごそごそと蠢《うごめ》き始めたのだ。

「驚かせちゃってごめんなさい」

開かれたバッグの中から茶色い物体が顔をのぞかせた。俺は再び身を竦める。

「この子の病院です」

見覚えのある愛らしい瞳。茶色い物体は紛れもなく、以前姉ちゃんに向かって咆哮《ほうこう》していた彼女の愛犬だ。確か、コッカスパニエルという犬だと姉ちゃんが言っていた気がする。コーディネイトから浮いていたこのバッグは犬用だったのか。向日葵が咲き誇るそのデザインを見て、何においても無地を選んだほうが無難である、と一つ学習した。

「急にペルの元気がなくなっちゃって」

「大丈夫なんですか？」

「ええ、ただの食べ過ぎみたい」

「へぇ」

会話に一区切りがつく。この話題をどう展開させればいいのか分からず、無言のまま車内に転がっているコーヒーの空き缶を見つめていると、隣から再び声が聞こえ始めた。

「昨日うちに沢山《たくさん》友達が来ていたんです。それで、皆からちょっとずつ食べ物を貰ってたみたいで、お腹触ったらぱんぱん」

白い手が、ぱんぱんの声に合わせてペルを撫でる。きゅーんと甘えるような声がバッグから漏れた。

「前に届けていただいた手紙、コンクールの入選結果だったんです」

「コンクール？」

「ええ、絵本のコンクール。昨日はそのお祝いのパーティーで」

あの日、彼女が手紙を大事そうに抱えていたのを思い出す。てっきりラブレターか何かだと思っていたけれど違ったらしい。そもそも今時、ラブレターって。自分の単純な思考回路に思わず苦笑する。そして、俺は何故《なぜ》か安堵していた。

「こんな偶然ってあるんですね」

岡野さんの口調に親しみが籠っていく。

「え？」

「ずっと、手紙を届けていただいたお礼がしたいって思ってたんです。連絡先って教えていただけませんか？」

取り出された携帯電話には可愛らしい犬のストラップ。ペルそっくりの犬もこちらを見つめている。

「そんな、お礼なんて」

「でも」

「結構ですから」

次の瞬間、俺は開いていた乗降ドアを目指して突進していた。地元の駅ではないけれど構わない。背後から声が聞こえたがそのまま降車する。ドアは閉まり、それと共に彼女の言葉も消えた。発車する電車の中で、これぞ〝ぽかん〟という顔で俺を見つめる岡野さん。彼女は、そのまま遠ざかって行った。

次の電車を待てばよかったけれど、歩いて家まで帰ることにした。何故だか分からないけれど歩きたかった。

結局いつもより帰る時間が遅くなってしまい、そのせいで姉ちゃんは少し不機嫌だった。「コップが机の上に出しっぱなしだった」とか、「起きたらしっかり布団を直せ」とか、散々文句を言ってから彼女は夕飯の用意を始める。また小言を言われるのが嫌なのでお膳立てをしていると、急に姉ちゃんが振り返り、じっと俺の顔を見つめてきた。

「何かあったの？」

姉ちゃんは、いつもと違う雰囲気を読み取ったらしい。かなりの確率で間違える谷口君とは違い、姉ちゃんの察知能力は的確だ。一瞬嘘をつこうか迷ったが、一度ついたら上塗りしなければならないのは目に見えている。そんな大仕事を姉ちゃん相手に遂行するエネルギーなど昨日の俺には残っていなかった。仕方なく、食器の支度をしながら、岡野さんに会ったことやとても感謝していたこと、お礼を断ったことを伝えると、姉ちゃんは更に目を吊り上げた。

「あんた、馬鹿じゃない？」

つま先を踏もうとする姉ちゃんを間一髪のところでかわしたものの、次に放たれた言葉に撃沈する。

「まだ好美ちゃんのこと引きずってんの？」

無神経なその言い方が気に障《さわ》り、同じ調子で言い返した結果、喧嘩になってしまったのだ。

そんな日に限って夕飯は湯豆腐。どんなに仲違《なかたが》いしていても同じ鍋をつつかなくてはいけない。おたまを使うタイミングが重なって手が触れ合い、気まずさに包まれる。湯気で眼鏡が曇るたび、苛立ちが増してゆく。どうせ鍋にするなら、すき焼きにしてくれればいいじゃないか。俺が食べたがっているのを知っているくせに。（今年の心残り第1位）すき焼きの恨みも相俟《あいま》って、口に入れた豆腐の美味しさは半減していた。高級ぽん酢のアシストの甲斐《かい》もなく、湯豆腐は台無しに終わる。その全てが頭にきて、片付けも手伝わずに部屋へ引っ込んだ。

あれ以来、まだ口もきいていない。

仕事モードへ頭を切り替えたのに、結局姉ちゃんのことを思い出してしまう。なかなか調香に集中できず、いらいらの連鎖が続いていく。こんな状態ではいい香りなど作れるはずがない。こういう時は楽しかったことを思い出すのが一番だ。目を瞑《つむ》って楽しかった出来事を探す。

浮かんできたのは、平松先生ではなく、またもあのおかっぱ頭だった。

二年前のその日、姉ちゃんはカラーコンタクトをつけて帰宅してきた。あまりに似合っていなくてげらげら笑うと彼女は顔を真っ赤にして反論した。

「これは仕事の関係なの。体験して欲しいって言われてやっているだけ」

本人はそう言っていたが、あれはどう考えても『お洒落《しゃれ》だと思って自分からつけたやつ』だ。どうしてよりによってハードルの高い、青いコンタクトなどチョイスしたのだろう。しっかり者ぶっているが姉ちゃんの方が俺の何倍も抜けているところがある。ミサンガをきつく結び過ぎて手が真っ青になったり、巻き舌を練習しすぎて舌が真っ赤に腫れてしまったり。

あの時の栞だってそうだ。

高校の入学式、自己紹介でウケを狙って逆立ちをしようとした俺は、そのまま転んで手首を痛めてしまった。怪我自体は大したことがなかったが、逆立ちと〝高校デビュー〟を同時に失敗した俺は、毎日塞ぎ込んでいた。

そんな頃、姉ちゃんが作ってくれたのが栞。すぐに物を捨ててしまう俺が今でも捨てられずにいるのは、込められた思いを知ってしまったからである。

栞に文字を書き入れながら

進が
皆から愛される
存在になりますように

と、自分が思っている以上に大きな声で口にし続け、それが俺の知るところになってしまったことにも気づかぬほど、姉ちゃんは抜けているのだ。

その上、姉ちゃんは今でも『弟を気遣って姉が作った栞』であることを、俺が知らないと思い続けている。だから俺は、『弟を気遣って姉が作った栞』であることを、知らないふりをし続けている。


次第にいらいらは収まってきたが、やはり調香は進まない。

更に楽しいことを思い浮かべようとするとおかっぱ頭の後ろから好美が顔を出した。また心がざらつき始める。好美との思い出は楽しかったことがほとんどだけど、それに向き合えるほど痛みは消えていない。

俺が作る香りが好きだと言ってくれた好美。いつの間にか恋愛に発展して、そのまま三年を一緒に過ごした。彼女との時間は、いつも笑っていた気がする。好美の笑い声を思い出して、切なさが体に広がっていく。

姉ちゃんの言う通り、俺は今でも彼女のことが忘れられないのだ。

一緒に映画を見に行って二人して眠ってしまったとか、公園で花火をしようとしたら見知らぬおじさんに怒られたとか、たいした出来事じゃないのに事細かに覚えている。好美の細くしなやかな指も、つんと上を向いた鼻先も、心安《こころ》らいだ肌の匂いも、きっと一生忘れられないし、忘れたくないのだと思う。

結局、この日の仕事はうまくいかなかった。

こういう時は諦めて、早めに仕事を切り上げることにしている。と言っても、家に持ち帰ってやらなければならないのだけど。資料でぱんぱんになった鞄を肩に食い込ませながら、タイムカードをがちゃりと押した。


こんな日の帰り道は気が重い。せっかく電車の席に座れたというのに、些細《ささい》な幸せを楽しむ気になどなれない。本来、家に仕事を持ち帰らない主義なのだ。家はだらだらごろごろ過ごす場所。今この瞬間、都合よく『ありがとうの香り』のヒントになるものが目の前に現れればいいのに。

邪《よこしま》な願望のせいで、更に『ありがとうの香り』が遠ざかっていった気がする。俺の心は確実にささくれているようだ。思い返してみると、最近『ありがとう』自体を言っていないし、言われていない。

駅に停まり、乗車して来たのはお腹の大きな妊婦さんだった。その姿を見た瞬間、素敵なアイデアが降りてきた。

自分が良いことをして『ありがとう』と言われること。それこそが『ありがとうの香り』への最大の近道ではないだろうか。周囲を見回してみても空いている座席はない。そして、俺は今座っている。これは紛れもなく『ありがとう』を頂くチャンスだ。

しかし待て！　もし万が一、この女性が妊婦さんではなく『ただ、ふくよかな方』だったとしたら。俺の言葉で傷つけてしまうかもしれない。よく見ると彼女の左手の薬指に指輪は嵌められてはいない。可能性は五分五分。いや、むしろ『ただ、ふくよかな方』にしか見えなくなってきた。言われてみれば、カロリーが高そうな食べ物を好みそうな顔をしている。

完全に及び腰の俺が視線を落とした瞬間、電車の揺れと共に、彼女の鞄に付いたキーホルダーが揺れた。そこにははっきりと「おなかに赤ちゃんがいます」の文字。やはりそうですよね。溢れ出てますもの、母性が。心の中で謝罪をすると、さっと立ち上がり一歩踏み出す。あとは「どうぞ」と発するだけだ。

「ここ、どうぞ」

そう妊婦さんに話しかけたのは、俺ではなく隣に座っていた女子高生だった。妊婦さんはぺこりと頭を下げて女子高生の空けた席に腰を下ろす。

思いがけない展開に面食らう。更に、席に戻ろうか悩んでいる数秒のうちに女子高生は俺が空けたスペースに着席した。俺は、下車する為に早目にスタンバイしたせっかちさんだと思われたらしい。

呆然《ぼうぜん》と佇むしかない。

目の前では「何ヶ月なんですか」と和やかな会話が既に始まっている。

自分が立ち上がった経緯を今更説明したところで、冷ややかな視線を送られるだけなのは目に見えている。とりあえずこのまま立っていてもいいのだが、下車する為にスタンバイしたと思われている男が数駅分も降りずにいると、どれだけ早くスタンバイしたかったのだとそれはそれで冷ややかな視線を送られることになるのかもしれない。やむを得ず、なるべく自然な感じで車両を替えることにした。隣の車両に向かいながら『ありがとう』が遠のいていくのを感じていた。


地元の駅に着いたは良いものの、まっすぐ家へと帰りづらい。

姉ちゃんへのわだかまりも、残っている仕事も、俺の足取りを益々重くしていく。

もしかしたら『ありがとう』の香りは近くに漂っているかもしれない。自分にそう言い聞かせて、道端の匂いを嗅いで進む。ふらふらと道を右に逸れ、左に逸れしていると、聞きなれた怒声が夜の闇を震わせた。

「おういいよ！　やってやるよ！」

子供じみた捨て台詞《ぜりふ》と共にヘアサロンKAWADAから飛び出してきたのは、河田だった。

床屋の跡取りとして生活しつつも役者を志すこの男は、次の役作りなのか、カンフー映画で馴染みのある黄色いつなぎのジャージを着ている。ぱつんぱつんで恐ろしい程似合っていない。

「いいか、約束だぞ」と、オヤジさんの声が店内から浴びせられ、通りは静けさを取り戻した。

「あ、おう小野寺、今帰りか？」

こちらに気付いたようで、河田は厚みのある手を広げてみせる。

「もう最悪だよ、あの親父《おやじ》」

俺の返事を待たずに独り言のように不満を口にし始めた。この男は、体形のせいか大らかな性格に見られがちだが、見掛けによらず愚痴っぽいのだ。昔から何かにつけては「アーティストとしての生き方」や「一人っ子の重圧」を口にして、深刻そうに溜息をついたりする。いつもなら「そう言うなよ」と適当にたしなめて終えるところだが、閃《ひらめ》いた。

『ありがとう』を頂くチャンスだ。

このまま親身に愚痴を聞いてやれば、さすがの河田も感謝の言葉の一つや二つ述べるのではないか。

俺が「そうか」と頷くと、河田の愚痴に拍車が掛かってゆく。

「こっちはただ台詞を覚えてただけなのに……」

本日のヘアサロンＫＡＷＡＤＡは、いつにも増して来客が少なかったそうだ。暇を持て余した河田は、次の公演の台詞をぶつぶつと口にし始めたらしい。覚えたての台詞をそらんじているうちに声が大きくなっていたのだろう。オヤジさんが「うるさい」と読んでいたスポーツ新聞を投げつけるまで、そう時間は掛からなかった。

「親父のやつ言うんだよ、いつまでそんなくだらないことを続けるつもりだって」

身振り手振りを交えて語る河田。役者としての演技力なのか、それとも親子だからなのか口調がオヤジさんそっくりだ。

「で、いつもの様に喧嘩になってさ。売り言葉に買い言葉で『一年以内にテレビに出られなかったら、役者辞める』って約束しちゃったんだ」と河田は項垂《うなだ》れた。

「どうしよう。全然自信ない。テレビなんて無理だよ」

今になって、感情的になり過ぎた自分を後悔しているのだという。

「無謀な約束なんかするからだろ」

普段の俺なら、そう言って笑ったかもしれない。だが、今日は違う。弾力のある河田の肩に優しく手を置き「きっと出来るよ……お前なら」と赤べこの如く大きく頷いた。

すると、倒置法が効いたのか、河田がすっとこちらに顔を向けた。

おぉ……『ありがとう』の瞬間が近づいている。

「小野寺……」

その呼び方に、微笑を絶やさぬように顔に力を入れる。

「ん？」

言ってくれ、あの素敵な五文字を。

河田は俺と視線が交わるのを確認してから、ゆっくりと告げた。

「どうした、嫌なことでもあったか？」

肩透かしを食らい、思わず河田を二度見する。いつもと違いすぎた俺の態度に不安を覚えたようだ。

「何があったか知らないけど、お互い頑張ろうぜ」

ぽんぽんと俺の背を叩き、河田は店へと戻っていく。どうして俺は慰められたんだろう。

『ありがとう』の気配は姿を消し、仕方なく歩き出す。

結局振り出しに戻ってしまった。

きっとこのまま家に帰ったとしても、姉ちゃんに対しての苛立ちが勝り、仕事にならないだろう。いつも通り話しかければ喧嘩が終わることは分かっているのだが、仲直りするのは苦手だ。すぐに「ごめんなさい」が言える谷口君が急に羨ましく、妬《ねた》ましく思えてきた。

あれこれと匂いのアイデアを考えながら、コンビニに立ち寄る。人に『ありがとう』を求めるのはイヤらしく思えてきたので、自分が誰かに言うことで何か香りのヒントを得られないものかと方向を変えてみる。だが、それもどうだろう。例えば、故意にハンカチを落として拾ってもらい、『ありがとう』と告げる。それこそ、イヤらしいのではないか。

とりあえず、何かヒントはないかと雑誌のラックの前に立つ。こんな時に目につくのはクリスマス特集の文字。どの雑誌も競うように「クリスマス」を前面に押し出している。雑誌の匂いは好きなのに、ここにいると更に苛立ってしまいそうだ。

ちらりと顔を上げると、ガラスの向こうに見慣れた姿が見えた。自転車を止めるおかっぱ頭。使い込まれた真っ赤な手袋。手編みのマフラーの端っこには『より子』の文字が編みこまれている。

姉ちゃんは、お店まで自転車で通っているのだ。朝の電車に乗るのが苦手らしく、二十五分かけて電動自転車で通勤をしている。

俺は咄嗟に体を縮めて隠れるが、いつまで待っても自動ドアが開く気配はない。少し不安になって、恐る恐る体を伸ばして店の外を見てみると、姉ちゃんはお爺《じい》さんと楽しそうに話している。こんなにこちらが喧嘩を引きずっているのにまったく気にしていないようでちょっと癪《しゃく》だ。

姉ちゃんの肩をぱしぱしと叩きながら話しているあの人は、たしか煙草《たばこ》屋のお爺さん。

俺と同じで一度も煙草なんて吸ったことがないはずなのに、どうしてあんなにも親しげに話しているんだろう。なんだかんだいって姉ちゃんは人付き合いが上手い。町を歩いていると、大概「よりちゃん」と誰かに声をかけられている。これは、マフラーに名前を刺繍しているからというだけではないと思う。

姉ちゃんはとにかく色んなことに気がつく。電器屋のおじさんが髪を切ったとか、お弁当屋の娘さんがおめでただと思うだとか。間違いなく、姉ちゃんは「顔色を窺う」側だ。いつもせっせと動き回っている上に、人間観察までしているとは何と多忙な人なのだろう。

煙草屋のお爺さんに手を振って、いよいよ彼女がこちらに向かってくる。

おつまみ棚の後ろにそっと隠れた。自動ドアの開く音がして、やる気のない店員の「いらっしゃいませ」が聞こえる。たたたたと姉ちゃん特有の早足な靴の音が店内に響く。棚の後ろから様子を見守ると、他の商品には目もくれず、一直線に飲み物コーナーへと向かい、こんなに寒いというのにピーチネクターを手に取った。そして、レジの前に立ち保温容器の肉まんを指差す。この時も彼女に迷いはない。ピザまんやカレーまんは邪道だと言い切り、絶対買わないのだ。

「一個」と店員に告げた後、姉ちゃんは少し迷って「やっぱり二個で」と訂正した。

彼女に見つからないように体をかがめながら、観察を続ける。

「ちょっと。何してんの」

突然上がった大声に、思わずその場にしゃがみこむ。しかし、姉ちゃんはレジの方を向いたまま。どうやら若いバイト君を叱りつけているようだ。バイト男子は、肉まんを冷たいジュースと一緒の袋に入れようとしたらしい。

「それじゃ冷めちゃうじゃない」

平謝りの店員の態度が気に入らないのか、姉ちゃんは更に語気を強める。

「開けた時に、湯気がぼわっと出ないと肉まんじゃないでしょ」

そこまで怒らなくてもいいと思うが、この意見には同感だ。俺も、肉まんの湯気の匂いにはこだわりたい。半分に割った瞬間、立ちのぼる湯気。ご飯とはまた違った甘い匂いと、肉餡《にくあん》のしょっぱい匂いが混ざったこの湯気を、鼻から吸い込みながら頬張るのが至福のひとときなのだ。

急激に腹が減ってきた。

やむを得ず店を出ると、自転車に乗ろうとしている姉ちゃんにそっと近づく。そして、さも偶然出会ったかのように驚いた顔を作ってみせた。

「姉ちゃん、何してんの？」

絶対に驚いているはずなのに、表情に出すまいと、姉ちゃんは努めて平静を装う。

「ちょっと買い物」

目も合わせず、自転車に鍵を差し込む姉ちゃん。姉ちゃんのコートからは、やっぱり防虫剤の臭いがする。俺は籠の中の真っ白な紙袋を、この時気付いたふりをして手に取る。

「あ、いいなぁ」

「何よ、欲しいの？」

もったいぶった言い方をするので、勝手に袋から肉まんを取り出してやった。

「まだあげるって言ってないでしょ」

予想通り、姉ちゃんはへの字に口を曲げて怒る。だが、俺の分があることは分かっているのだ。逃げるように一歩彼女から離れてから、熱さを我慢して一気に半分に割る。顔を包む湯気。心行くまで匂いを嗅いだ。

「冷めるじゃない。食べるなら早く食べなさいよ」

文句を言う姉ちゃんも半分に割って、匂いを楽しんだ後にかぶりつく。ほふほふ言いながら更にもう一口かぶりついた。自転車を押す彼女の横に並んで肉まんを頬張りながら家へと向かう。

食べ終えると手が拭きたくなった。一見汚れていなさそうだけど、それでも何かで拭きたくて、コートで拭こうと企んでいると、彼女は押していた自転車を止めてハンカチを差し出した。

「コートで拭くんじゃないわよ」

姉ちゃんは抜けているところもあるけど、やはり頼もしい。

俺は、ハンカチを返すどさくさに紛れて言ってみることにした。

「あの……なんか、ごめん」

谷口君を見習い、斜め四十五度の角度をキープ。ゆっくりと頭を上げると、驚いた顔で俺を見ていた姉ちゃんもつられて頭を下げた。

「こちらこそ」

照れ臭くて、場の雰囲気を変えようと話題を探してみるも、何故か谷口君と赤べこについてしか頭に浮かんでこない。自分でも分かっている。こういう時に気の利いた一言が言える人間なら、そもそも高校デビューにだって失敗しないのだ。

少しだけ俯いていると、急に肩が軽くなった。姉ちゃんが俺の肩に食い込んでいた鞄を持ち上げていたのだ。

「寒いから、先に行くわよ」

そのまま鞄を自転車の籠に入れると足早に歩き出す。俺に感謝する間も与えず、重そうに自転車を押していく姉ちゃん。おかっぱ頭の後ろ姿を見ながら大きく息を吸い込むと、冷たい空気の中に冬の匂いを感じる。

『ありがとうの香り』が見えた気がした。

第六章　「何か手伝うことありますぅ？」

とうとう、この日が来てしまった。

ここ数日でめっきり冷え込んできたせいか、風を受けた頬がぴりぴりと痛む。耳当てと手袋を着けてきて正解だったようだ。気が付くと、ペダルを漕ぐ足にいつも以上に力が入っている。別段用事もないし、家に素敵な出来事が待っているわけでもない。ただ、一刻も早くこの雰囲気から逃げ出したい。絶対『あの言葉』だけは耳にしたくないのだ。体を低くし、猫背をより猫背にさせて自転車を漕ぎ続ける。

「あら、よりちゃん」

急に声をかけられて、慌ててブレーキを握る。ずずずと靴底を地面に擦《こす》らせて振り返ると見慣れた笑顔がそこにあった。煙草屋のお婆さんだ。短い髪の毛とその鋭い眼光から、お爺さんに勘違いされることが多いらしいが彼女はれっきとした淑女。進も、小柄なお爺さんが働く店だと思い込んでいるようだがあえて指摘しない。あの子はもっとご近所さんと積極的に関わっていくべきなのだ。いつか自力でこのお婆さんがお爺さんではないことに気付いてもらいたい。

美容院に行ったばかりなのか、お婆さんはいつも以上にパーマがきつくかかっている。どうせ取れてくるんだからきつめに巻いた方がお得。そんな慎《つつ》ましさが手に取るように分かった。彼女は、大晦日《おおみそか》に軒先でやる出店はお汁粉がいいか甘酒がいいかと質問を投げかけてきた。いつも通りの世間話に思わず安堵する。

「私はお汁粉が好きですけど」

その回答を聞くと彼女は嬉しそうな顔を浮かべた。

「そうよね、やっぱりそうよね」

やはり、このお婆さんは外見とは裏腹にとても女らしい。女性という生き物は、人に質問する時点でその答えは自分の中でほとんど決めている場合が多い。ただその決断を下すのにほんの少しだけ躊躇《ちゅうちょ》があり、誰かに最後の一押しをお願いしたいだけなのだ。「最後の一押し」という大仕事を果たした私に何度も感謝の言葉を述べるお婆さん。いつものように手元にあったボンタン飴《あめ》を私に握らせると、思い出したように告げた。

「よりちゃん、メリークリスマス」

ああ……。一番意外なところから『あの言葉』を言われてしまった。沈む気持ちを必死に隠し、ペダルを漕ぎ始める。

忌々《いまいま》しい言葉。

できれば耳にすることなく過ごしたかったのに、本日二度目の「メリークリスマス」（一度目は斎藤ちゃんから）。

どうもクリスマスは苦手だ。クリスマスシーズンが近づくと何だかこそばゆくなってくる。無理してはしゃいでいるような街全体に恥ずかしさを覚えてしまうのだ。それに、私は人一倍クリスマスが似合わない自信がある。

尚もぐんぐん気持ちは沈んでいく。何とか歯止めをかけなくては。

こんな時は平松先生に限る。中学時代の担任は、とにかく言い間違いが酷かった。

『おなかいっぱい』を『いなかおっぱい』。

『スローモーション』を『スモーローション』。

こんな間違いは日常茶飯事。先生の名作の数々を思い出していると徐々に曇天模様の心は晴れていった。ありがとう平松先生。

またあの言葉を聞く前に早く家に避難しなくては。サドルから少しお尻を浮かせると、前のめりになりながら我が家へ急ぐ。


既に進は帰宅していた。

脱ぎ散らかされた靴を揃え部屋に入ると、いつも以上にだらしない格好で弟は炬燵《こたつ》でくつろいでいる。クリスマスのせいで「ただいま」と挨拶するのも照れ臭くなり、「よぉ」とぎこちなく右手を上げた。普段だったら「よぉ」と発する方が断然照れ臭いはずなのに、今日だけは別。そんな私に弟も「おぅ」と素っ気なく答える。何を隠そう、進もクリスマスがこそばゆい一人なのだ。

毎年、この時期の我々はなるべくクリスマスから離れた生活を心がけている。

居間には鏡餅が飾られていて、早くも新春の装い。

「今日のご飯、お茶漬けでいいよね？」

あえて声に出して確認する。

「何でもいいよ」

面倒臭そうに答える進も、おそらく自分なりに普段通りっぽさを演出しているのだろう。冷蔵庫から冷やご飯を出してお茶碗に移すと、昨日の残りであるブリ大根を温め直す。クリスマスなんて三百六十五日のただの一日。誰に見せるわけでもないけど、小野寺家はいつも通りを突き通す。温かいお茶をご飯にかけてさらさらと流し込む進。ぽりぽりと音を立てて沢庵を齧る私。そんな日常の光景がクリスマスを遠くへ追いやってくれる。ただし、今日ばかりは迂闊《うかつ》にテレビをつけられない。黙々と夕飯を口に運ぶしかないのだ。

静寂の中にさらさらとぽりぽりだけが響く。

お茶漬けを平らげた進は先に居間へと戻っていく。私も食器を片づけて、さっさと寝巻に着替えると炬燵に潜り込む。テレビの前にはもうゲーム機がスタンバイされていた。

今から、毎年恒例のイベントが始まろうとしているのだ。

ここ数年、クリスマスイブの夜にはとあるテレビゲームをして過ごしている。そのゲームは、プレイヤーそれぞれが電車に乗って日本中を旅するというもの。サイコロを振って進み、目的地に先に着いた方が賞金を貰い、そのお金を元に様々なカードや物件を購入したりして最終的に合計資産で勝敗を決するというシンプルな内容だが、進曰く、世界一のゲームなのだそうだ。

そんな最強のゲームでも、我々はただ遊ぶようなことはしない。ある特別ルールを追加して行うのだ。世間の空気に抗って、少しでも日本人らしく過ごすべきだという進のアイディアから始まったそのルールは至って単純。

ゲームの間は横文字を使ってはいけない。

それだけ。

分かっていても結構口にしてしまうもので、互いに相手のミスをノートにチェックするのだ。テレビゲームの勝敗は無関係で、横文字禁止ゲームの結果が全て。

ちなみに去年は十一対八で進の勝ち。一昨年も十六対十二で彼が勝利を収めた。私は一度もこの戦いに勝ったことがない。

勝負に負けると、罰ゲームをしなければいけないことになっている。一昨年《おととし》は鼻眼鏡をつけたまま焼き鳥を買いに行かされ、去年はうさぎの着ぐるみ姿で人参を買いに行かされた。その着ぐるみは進が会社の忘年会用に渡されたものらしいが、サイズがぴったりで色んな意味で不愉快な思いをさせられた記憶がある。

今年こそは絶対に負けられない。実はここ数日、この日の為に作戦を練っていたのだ。

コントローラーを握る手に力が入る。さっそく作戦開始。

「あれ？　音、小さくない？　もっと大きくしてよ」

文句を言うと、すぐさま進が反論する。

「自分でやれよ。目の前にリモコン、あ」

ふっと鼻で嗤いノートにチェックを入れる。最初の作戦は見事成功。今年の私は一味違うということが弟にも伝わっただろう。

進は卑怯《ひきよう》だとかぶつぶつ言っていたが、すぐにゲームに熱中し始めた。

まず私達の目的地は『釧路』。あと少しでゴールという所まで先行したのに、サイコロの目が合わず周囲をぐるぐると回っていたら進が先に到着してしまった。

「よっしゃ。ゴール」

嬉しそうに叫んだ弟を尻目に、再びノートにチェックを入れる。

満面の笑みから一転、悔しそうな表情を浮かべる進。炬燵から立ち上がると、冷蔵庫を開け勢いよく牛乳をラッパ飲みし始めた。

「ちょっと！　ちゃんとコップに注《つ》いで飲みなさい」

叫んだ途端、失態に気付く。進はにやにやと炬燵に戻りノートに星を書き込んだ。私は正の字でカウントしているが、進は一回のミスで星一つらしい。ノートの隅に歪《いびつ》な星が一つ。進の書く星はどこか不格好。尖っている五ヶ所のどれかが妙に長かったり短かったりしている。

「次は名古屋か」

そう呟くと、進は再びコントローラーを握った。

ゲームが終わり時計に目を向けると、零時を少し過ぎていた。いつも二十二時には寝てしまう私にしては快挙だ。眠い目をこすりつつコーヒーを何杯も飲んだ甲斐があった。日にちを跨ぐと頑張って夜更《よふ》かしをした達成感がある。

「姉ちゃん、目真っ赤だよ」

鏡を見ると確かに充血している。自分の瞳をしばらく観察した後、ノートを手に取った。

今年の横文字発言回数は私が九・進が十。僅差《きんさ》だが私の勝利。途中までリードしていた進だったが、ゲームに集中しすぎて「タイムタイム」を連発したのだ。

「まさか姉ちゃんに負けるとは」

弟は落ち込んだ様子で部屋に戻っていく。

肝心な話題が出る前に退散しようとするその背中に叫ぶ。

「ちゃんと考えとくからね、罰ゲーム」

ぴくりと一瞬反応して敗者は去っていった。なんと清々《すがすが》しい気分なのだろう。正直すぐにでも寝てしまいたいが、この爽快感を楽しむ為にもう少しばかり起きているとしよう。進が完全に部屋に戻ったことを再度確認してから炬燵を動かす。ほかほかに温まった畳を一枚めくってみる。

畳の下では、大勢の野口英世と夏目漱石が几帳面にこちらを向いて並んでいた。弟は畳貯金をしているのだ。わざわざこんな所に隠さなくてもいいのに。私にばれていることを彼はまだ気づいていない。

ずらりと並べられた千円札の枚数を数えてみると前に覗いたときよりも少しだけ増えている。無駄遣いばかりしているように見えるが、しっかりしたところもあるようだ。きっと、かねがね欲しがっていた「美味しいご飯が炊ける最先端の炊飯器」を買う為に違いない。その炊飯器で炊いた米の匂いを嗅ぐのが彼の夢らしい。若いくせに随分こぢんまりした夢だと以前は思っていたけれど、いつの間にか私も進も『若い』と呼ぶには気恥ずかしい年齢になってしまった。炬燵を元に戻すと外灯を消しに玄関に向かう。油断すると『あの言葉』が聞こえてきてしまう気がして、出鱈目《でたらめ》なメロディーを口ずさみ外からの音を遮断した。玄関に置きっぱなしになっていた夕刊を手に取り居間に戻る。

自作の鼻歌を歌い続けながらチラシの選別を始めた。

明日、進にやらせる罰ゲームは何がいいだろう。商店街の真ん中ででんぐり返しでもしてもらおうか。いや、自分と同じように恥ずかしい格好をさせてやりたい。高校時代のセーラー服を着せて煙草屋のお婆さんと話でもさせようか。そんなことを考えていると、一枚の葉書が目に留まった。

何という神様のいたずら。

葉書を手に一人くくくと笑う。罰ゲームはこれにしよう。

ゲーム大会から一夜明けた昼下がり。

私は自転車のペダルを猛スピードで漕ぎ続けていた。

信号待ちになり振り返ると、進はちんたらと自転車を漕ぎながらかろうじて付いてきている。

「遅い。もっと早く来なさいよ」

さぁ、目的地まであと少し。でも今日はクリスマス当日だよ。もしかしたら留守かもしれないね。だったら潔く諦めるか。心の中で会話しているうちに、小奇麗なマンションが見えてきた。

「行くわよ、ほら」

自転車を停めるのにもたついている進を引っ張り、中に乗りこんでいく。

少し間の抜けたピンポーンという音が廊下に響く。だが、何も返答はない。

「残念。留守みたいだね、帰ろう」

言葉とは裏腹に嬉しそうな顔で進が告げた途端、だんまりを決め込んでいたドアががちゃりと音をたてた。中から顔を出したのは彼女だった。

「あ、どうも」

岡野さんは少し戸惑いながらも、我々に笑みを向けてくれている。

「突然お邪魔してすみません、実はまたこっちに」

私はバッグの中から例のものを取り出した。昨日郵便物の間から出てきた、岡野薫さん宛ての葉書。

「また住所を見間違えたみたいで」

「わざわざ届けてくださったんですか」

申し訳なさそうに、お辞儀をする岡野さん。

「すみません、何度も先方には住所変わったことも伝えたんですけど、すみません」

進は、彼女と目も合わせない。その人見知りぶりに呆れ果て吐息する。

本当は岡野さんが気になっているくせに。

いい年した男が何をもじもじしているのだ。

これでは、電車の中でドラマティックな再会を果たしたにもかかわらずそのドラマから途中で逃げ出した時の二の舞になってしまう。せっかく罰ゲームにかこつけて、きっかけを作ってあげたというのに。

岡野さんの反応が気になって横目で様子を窺う。すると、彼女越しに部屋の中がちらりと見えた。

女性らしい彼女の雰囲気からは想像もつかない位、散らかった室内。警察のガサ入れの後か、わんぱくな五つ子が暴れ回った後のような荒れっぷりだ。私の視線に気付き、岡野さんは頬を赤らめた。

「今、クリスマスパーティーの準備をしていて」

「パーティー？」

「はい。もしよかったら、お二人もいらっしゃいません？　夕方からなんですけど」

招待状を手渡されて一段と表情を曇らせる進。

「折角ですけど」

そう告げる弟の声を遮って声を張り上げた。

「いいんですかぁ？」

「ええ、もちろん」

両頬にえくぼを作って微笑む岡野さん。

戸惑う弟を更に無視して言葉を続けた。

「何か手伝うことありますぅ？」

床に散らばっているごみを拾い集めながら、奴は私を睨みつけてくる。

「どういうつもりだよ」

その言葉を掃除機のモーター音で掻き消すと、部屋の掃除を手際よく進めた。

「姉ちゃん、聞いてる？」

尚も文句を言い続ける進。

「罰ゲーム忘れたの？」

「だから、葉書を届けるのが罰ゲームのはずだろ」

「それはただの『親切』。罰ゲームにはカウントされません」

進はぶつぶつと文句を口にしながらも、満杯になったごみ袋の口を縛った。

「すみません、こんなことしていただいちゃって」

台所から顔を出した岡野さんは真っ赤な可愛いエプロンを纏っている。その下に着ている黒いシンプルなワンピースもとても趣味がいい。彼女の足元をうろうろしている犬までお洒落な洋服を着ているではないか。

それに引き換え、私達はいつもと変わらぬくたびれた装い。年季の入った進のパーカーなんて、胸元にプリントされた文字から〝P〟が剝《は》がれ、〝UMA〟になってしまっている。俊敏な肉食獣から穏やかな家畜へ。もはや、そのブランドの魅力は微塵も感じられない。それなのに、岡野さんはそんなUMAのパーカーを「色合いが良い」などと懸命に褒めてくれている。

これは脈ありか。やはりこの日を逃す手はない。

進の前にこんな素敵なお嬢さんが現れるなんて、そう何度もあることではない。このパーティーをきっかけに二人が接近してくれれば、少しはクリスマスを好きになれそうだ。問題なのは、進が超のつく人見知りであること。案の定、服装を褒められてもぶっきらぼうな返答をしている。このままでは二人の距離が縮まることはなさそうだ。

ファッション談義を諦めたのか、飾り付けを始める岡野さん。部屋に不釣合いなほど大きなクリスマスツリーにぐるぐるとモールや電飾を巻いてゆく。窓にはスプレーアートで描かれたサンタクロース。当然ながら、部屋のどこにも鏡餅はない。岡野さんは赤と緑のリボンをツリーに巻き始めた。

そんな彼女の姿は私の眼に眩しく映る。おそらく、恥ずかしそうにしている進も同じ気持ちなのだろう。なにせ、昨日はクリスマス色を一切排除し炬燵に入ってお茶漬けをすすっていたのだ。

だがここは我慢。心の底から湧きあがる気恥ずかしさをぐっと堪えて弟の恋の架《か》け橋となる決意をした。

「可愛いぃ進。見て、ほら首が！」

私はツリーの横に置かれた首が動くトナカイの置物を指差す。本心では我が家の赤べコの方が数倍可愛いと思っているが盛り上げる為に仕方がない。

しかし、進はそっぽを向いて犬と戯れている。

それどころか、さっきから一度も彼女の顔を見ていない。

岡野さんに目を向けると、爪先立ちをしてツリーにワインレッドのお洒落なリボンを飾ろうとしていた。

「進、お手伝いなさい」

不満そうにこちらを見つめる進の背中を押して隣に並ばせる。

「高いところは、あんたじゃないと届かないでしょ」

「姉ちゃんだって余裕で」

「いいからほら」

共同作業をすれば距離も縮まるに違いない。並んでリボンを飾る二人の背中を見て、ついにんまりしてしまう。

「なんか焦げ臭くない？」

進がくんくんと鼻をひくつかせたその時、ビービーとけたたましいアラーム音が聞こえてきた。

「あ、いけない」

慌てて台所に向かう岡野さん。

あぁ……。折角上手くいきかけていたのに。

口惜《くや》しがっていると、台所から微かに彼女の声が聞こえてくる。困惑している声色だ。これは新たな好機到来か？

「ちょっと、様子見てきなさい」

「なんで俺が」

「罰ゲームでしょ」

さすがに自分でも滅茶苦茶な理屈だと思ったが進はふくれながらも台所に向かう。

〝罰ゲーム〟、なんと便利な言葉だろう。でも、こっそり岡野さんを覗き見した進はこちらに顔を向け首を振った。

「俺じゃ無理」

食材が散らばった調理台。御役御免になった調理器具で溢れかえったシンク。そして、黒トリュフかと見紛《みまが》う程真っ黒に焼け焦げたクッキー。これは確かに「俺じゃ無理」である。

「もう、食べられませんよね」

がっくりと岡野さんは肩を落とした。どうやら料理はあまり得意ではないようだ。本当は台所で進と二人きりにさせたいがやむを得ない。

「よかったらお手伝いしましょうか？」

岡野さんの返事を聞く前に、私は腕をまくった。

「本当ですか？　助かります」

すがりつくような面持ちで彼女が取り出したのは七面鳥。クッキーすら焼けないのにこんなものを扱おうとしていたなんて。七面鳥をあまく見ているのか、それとも高い山の方が登りがいがあると考えるタイプなのか、どちらにせよそのチャレンジ精神は評価してあげたい。すぐさま七面鳥の中を水洗いして、水分をしっかり拭き取る。

「岩塩とかある？」

「はい。ロックソルトですね」

岡野さんが差し出した岩塩を全体に満遍なくすり込む。更に溶かしたバターを塗りたくり、中に詰める野菜を準備する。

「ターキー、調理されたことあるんですか？」

「ううん、七面鳥は前に本で読んで」

実際に調理したことはないが、作り方は料理の本で何度か目にして知っていた。高校時代、料理をすることよりも料理本を読み漁《あさ》ることに夢中になった時期がある。実際手に入らない食材に思いを馳せる。そんな、ささやかな喜びを日々の糧にしていたのだ。

「凄いなぁ。私、広いキッチンに憧れてこの部屋を決めたんですけど、全然活用できてなくて」

岡野さんはなぜか私にすまなそうな顔をしてみせた。

「でも、台所用品が揃ってるから調理しやすいわ」

「本当ですか？」

「ええ、このやかんとかもお洒落だし」

気を良くしてもらおうと賛辞を並べると、岡野さんは嬉しそうにそれを手に取った。

「私もこのケトルは気に入ってまして」

さきほどから横文字を連発する岡野さん。それが不思議と似合っている。物の名称も持つ人によって変わるのかもしれない。お洒落で可愛い彼女が持てばケトル。私が持てばやかん。

「えっと、ターキーを一旦退《ど》けるから、そこ片付けてくれる？」

「カッティングボードも退けますか？」

「うん、カッティングボードもケトルもお願い」

いつの間にか、岡野さんの横文字言葉が伝染してしまった。進に聞かれたらきっと冷やかされるだろう。

岡野さんをアシスタントに、ミネストローネスープにサラダなど次々に仕上げては並べていく。

昨日はブリ大根を温めていた私が今日はカナッペを作っている。そんな『一昔前のあだ名』のような名前の食べ物を作ることになるとは、想像もしていなかった。それもこれも弟の為だ。

だが、進はリボンの飾り付けを終えて既にくつろぎモードに入っている。これでは私と岡野さんの距離ばかり縮まってしまう。そう焦り始めた瞬間、チャイムが鳴った。

「久しぶり」

「あ、その髪かわいい」

パーティーのお客さんが続々と到着する。

手を取り合って喜ぶ岡野さんと数人の女友達。来場者は皆、私と進にとりあえずの笑顔で会釈をする。

「こちらは？」

「近所に住んでるお友達の小野寺さん。お姉さんと弟さん」

まだ知り合って間もない私と進を友達と紹介してくれた岡野さんに感謝しつつも、

「果たしてお友達で終わるかな」と笑みを浮かべてしまう。

その間も常に、進から「帰ろう」とアイコンタクトが送られてくるが気付かないふりを続ける。

予想以上に大規模なパーティーなようだ。中には小さな子供を連れた人もいる。こんなに人が多いと、余計に二人の距離を縮めるのが難しくなるではないか。

きょろきょろと岡野さんの部屋を見回していると、片隅に追いやられた「サンタクロースのコスチューム」を発見した。

何の迷いもなく、こういうものを買える子がモテる女の子なのだろう。

〝やかん〟な私には到底無理だ。誰からも話しかけられないように必死になって私の後ろにくっついている弟も、きっと同じに違いない。

不意に、素敵な閃きが舞い降りた。

自分が居なくなれば進は岡野さんとコミュニケーションを図るかもしれない。ここでの知り合いは、私と彼女しかいないのだから。

「何これ、可愛い」

わざとらしくサンタコスチュームを手に取り岡野さんに近づく。

「買ってはみたんですけど、いざ着るとなると恥ずかしくって」

「じゃあ、私着てもいいぃい？」

少々斎藤ちゃんを取り入れた喋り方をして戸惑う彼女を無理やり頷かせると、洗面所を借りてコスチュームに袖を通した。これで進は岡野さんと話すしかなくなったはずだ。

思わずほくそ笑んだ自分の顔が鏡に映し出される。神経が死に黒ずんだ前歯がはっきりと見えた。

慌てて口を閉じ、改めてサンタな私を観察する。これで私も、クリスマスにサンタクロースの格好をしたことがある人物の一人になってしまった。ホームパーティーとか一家団欒《だんらん》とか、そういった温かい雰囲気に無縁の自分がこんな格好をする日がくるなんて思いもしなかった。普通の人は、このくらいクリスマスを楽しむものなのだろうか。

浅野さんの姿がふと頭に浮かぶ。

彼女と出会ったのは、二年前の春。最初の一年は『気のいい営業さん』程度にしか思っていなかった。しかし去年の春、『気のいい営業さん』は『気になる気のいい営業さん』に変わった。

店内の電灯の調子が悪く、一番背の高い私が修理をしていた時だった。目一杯背伸びをして電球をくるくるしていたところに、納品を終えた浅野さんが声をかけてきた。

「小野寺さんって結構背が高いんですね」

その言葉に、私は咄嗟に背中を丸めた。

小さい頃から背の順で一番後ろにしか立ったことがない。小さい女の子に憧れて、頭に袋をかぶったり、牛乳を飲むのをやめてみたが効果はなく、毎年十センチ近く背は伸びていった。あの当時、クラスの男子から『おのでらでか子』と馬鹿にされた記憶が未だに色濃く残っている。

また馬鹿にされるのかと体を固くして身構えると「背筋を伸ばしている方が、なんだかいいですね」と浅野さんは微笑み、私の踏み台を押さえてくれた。

背が高いことを初めて普通に褒められた。しかも男の人に。

たったそれだけのことなのに、あの日から浅野さんを意識するようになってしまった。

彼はクリスマスが好きなのだろうか。

少なくとも、ツリーを部屋に飾ったりするタイプではないと思う。

でも、街のイルミネーションを楽しんで、その流れで教会とかに向かってしまうノりの良さはなんとなく想像できる。教会でキャンドルの灯《あか》りに照らされる中、微笑む浅野さん。それもまたいい。

はい、妄想終了。私のことなどどうでもいい。今は浅野さんの微笑みではなく、我が弟に恋の女神が微笑むかどうかだ。

部屋に戻ると、お酒の力も相俟ってパーティーは盛り上がりをみせていた。岡野さんは懸命に食事を取り分けている。肝心の進は、部屋の隅で遊んでいた。進が投げたおもちゃをあの犬がたったか拾いに行っては「もう一回」とおねだりしている。

予想外だ。確かに初めて会った時から彼はこの犬とは打ち解けていた。犬見知りをしない弟を恨む。

「あんたねぇ、ワンちゃんとばっかり遊んでんじゃないの」

進に近づくと突如おんおんと吠えられた。あまりに騒ぐので、周囲の視線がこちらに集まってしまう。こっそり岡野さんを手伝わせようとしたのにこの作戦も不発か。

皆さんが不思議そうに、犬に唸られるサンタ姿の私を見つめている。

「いつもは大人しいのにね」

「どうしたんだろう」

どうやら、犬にイタズラでもしたんじゃないかという疑惑の目が向けられているようだ。なんとか濡《ぬ》れ衣を晴らそうと策を練るが、何も出てこない。その場でもじもじしていると岡野さんが助け舟を出してくれた。

「ペル、散歩に行きたいんでしょ？」

なんという気配り屋さん。そんな彼女の優しさに便乗させてもらうことにする。

「ねぇ、あんたがペルの散歩に行ってきたら？」

「え、いいの」

この場から逃れられると分かり、進は普段見せることのない俊敏さで身支度を始めた。

「じゃあ、お願いしちゃってもいいですか？」

我々の会話を聞いていた岡野さんが戸棚から散歩道具を取り出し始める。

「ごめん、悪いんだけど散歩コース教えてあげてくれる？」

「え？」

「ほら、いつもと違うコースだとワンちゃんも戸惑うでしょ？」

「そうですね。じゃあ、ちょっと行ってきます」

上着を羽織り進の後に続く彼女。進も観念したのか、岡野さんがオレンジ色のかわいらしいスニーカーを履くのを待ってから玄関のドアを開けた。

ごくろうさん、私。やるだけのことはやったと思う。


心地よい疲れを感じながら、自分が作ったターキー、いや、七面鳥を頬張る。

散歩の間に連絡先くらいは交換出来るだろうか。それどころか初詣の約束を取り交わしていたりして。

そうなったら、今日は私にとっても進にとっても最高のクリスマスになる。好美ちゃんがいた頃のような、明るい進が戻ってきてくれるかもしれない。

そういえば、一度だけ好美ちゃんと三人でクリスマスを過ごしたことがある。気にしなくていいと言ったのに、好美ちゃんが「お姉ちゃんも是非」と誘ってくれたんだっけ。

あの時、進は自らサンタの格好をして好美ちゃんを喜ばせていた。

あんなにお似合いだったのに、弟の前から去って行ってしまった好美ちゃん。破局の原因は何度訊《き》いても教えてくれなかった。昔から人見知りで物静かだったけど、一人に戻ってからの進は、いつもどこか淋《さび》しげでますます笑わなくなった。そんな弟を見ているのは忍びない。今日を機に前を向いて動き出して欲しい。そしてまた心の底から笑う姿を見せて欲しい。

「このサンタさん怖い」

七面鳥を頬張る私を少年が指を差して笑っている。人を指差して笑ってはいけないと学ぶことも必要だろう。「があ！」と七面鳥を振り上げ近づいたら、楽しそうに悲鳴をあげて逃げられた。気が付くと子供と完全に鬼ごっこ状態。これではサンタというよりなまはげだ。

「ただいまぁ」

玄関が開いた途端、岡野さんの声と一緒に勢いよく犬が飛び込んで来た。

思ったよりも早く戻ってきたようだ。私はまだ七面鳥を一口しか味わっていない。会話の手ごたえがあったからなのか、いい散歩ができたからなのか分からないが、スニーカーを脱ぐ岡野さんの横顔はほくほくして見える。一体二人の仲は、どのくらい進展したんだろう。早く報告を聞きたくて弟の登場を待つ。

しかし、いつまで経っても玄関が開くことはなかった。

「あの、弟は」

「帰られましたよ」

「え？」

「急に仕事場に行かなきゃいけなくなったとかで。大変そうですね」

そんなの嘘に決まっている。あのぐうたら男が休みの日に出勤するなんてありえない。進はまたドラマの途中で降板したのだ。岡野さんと二人きりになるのを拒み、家に帰ってしまったに違いない。こんなことならこっそり後をつければよかった。

結局、私の目論見は全て徒労に終わった。

どうしてだろう。どうしてそこまで進は次の恋を拒むのだろう。ふと、頭にある考えが浮かんだ。私は勘違いをしていたのかもしれない。単に好美ちゃんへの想いを今でも引きずっているから、だけではないかもしれない。

「お姉さんは、最後まで楽しんでいってくださいね」

岡野さんに微笑まれ、他の言葉が浮かばず「ありがとう」と頷く。

ふと前を見ると、姿見に自分の姿が映っていた。サンタクロースの格好をした私が情けない顔をして立っている。

今年の敗者は進のはずなのに、罰ゲームを受けているのは私のように思えた。

第七章　「えーと……どういうこと?」

風呂場に籠って一時間が経とうとしている。

風呂掃除なんて普段は三分で済ませてしまうのだが、今日だけは特別だ。

今年の汚れを今年のうちに取りきる為にトレーナーの袖を捲《まく》り直し気合いを入れる。右手には歯ブラシ。左手にはカビ取りスプレーを構えて準備は万端。タイルとタイルの間の汚れを使い古した歯ブラシで擦るのだ。我が家の洗面台の戸棚には、同じように二軍落ちした歯ブラシ達が並んでいる。「大掃除の時、便利だから」。こうやって理由をつけては捨てられず、家に無駄なものが増えていくのだと思う。

年季が入りすぎて昭和感満載の我が家では、いくら掃除をしても新品同様になんてならないけれど、やはりぴかぴかになったタイルは心地よい。浴槽が終わったら、壁。壁が終わったら、床のタイル。次々汚れが目についてしまい、風呂場をぐるぐる回り続けている。一度やり始めるとついつい夢中になってしまうのだ。どうやら、こういったちまちまとした作業が好きらしい。

ぷるると薄暗い廊下から電話の呼び出し音が聞こえる。

腕時計を見ると出発予定時刻を過ぎていた。それでも鳴り続ける呼び出し音をBGMにタイルを擦り続ける。このコーナーを磨き終えれば作業完了だ。

洗剤を流している間に電話は切れてしまった。満足のいく風呂掃除ができ、胸を張って浴室から外へ出る。洗剤の臭いから解放されて新鮮な空気をすんと吸い込み、そのまま玄関へと向かう。雨戸が閉まりっぱなしだと戸締まりの手間が省けて良い。電話の留守電ボタンがちかちかしていたが気にしない。どうせ相手は分かっているのだ。

彼女は中庭のベンチで編み物をしていた。

真緑のパジャマに赤いダッフルコートという装いの姉ちゃんは、季節外れのクリスマスカラーに身を包んでしまっていることに自覚がないようだ。

俺に気付くなり「遅い」と不服そうに声を上げる。

こちらも負けじとクリスマスカラーの装いを笑いの種にしてみると、『クリスマス』

をきっかけに話は思わぬ方向に進んでしまった。

「岡野さんのどこが気に入らないのよ」

未だに根に持っているのだ。あの日、自分がお膳立てした岡野さんとの散歩デートで俺が逃げ帰ってしまったことを。

「私がどれだけ骨を折ったと思ってんの」

「だから言ったろ。今は仕事にしか興味がないんだって」

「勿体《もったい》ない。あのお嬢さんを逃したあんたには、金輪際、素敵な女子も現れず佇しい人生が待っているだろうよ……」

俺の未来を勝手に決めつけた揚句、魔女のように呪いの言葉を吐くその口からは白い息が洩《も》れていた。

姉ちゃんは今、入院している。クリスマスパーティーの翌日、倒れたのだ。

その朝、目覚まし代わりに聞こえてきたのは古い雨戸の唸り声ではなく、手負いの猛獣のような不気味な呻《うめ》き声だった。おそるおそる階段を上り声のする部屋を覗くと腹を押さえて横たわる姉ちゃんがいた。じっとりと汗をかき真っ青な顔で苦しんでいる。そのおでこにべたりと張り付いた髪の毛から只事《ただごと》ではないと直感した。

救急車を呼ぼうとするもご近所に目立ちすぎて嫌だと蚊の鳴くような声で言い張るので、仕方なくおんぼろ自転車の後ろに乗せる。

想像以上に、姉ちゃんの体は軽く……なんて展開を期待したのだが、見た目通りの重みがあった。一刻も早く医者に診《み》せようと力を込めてペダルを踏む度にハンドルを持つ手がぷるぷると震える。病院につく頃には、どちらが急患か分からないくらい汗をかいていて、危うく姉弟揃ってベッドに運ばれそうになった。

診断の結果は虫垂炎。姉ちゃんはそのまま手術を受け、現在に至る。

入院当初は今にも死にそうな顔をしていたが、今ではすっかり元気そうだ。むしろ普段より顔色も良く、頬はてかてかと輝いている。

それは大変結構なのだが、新たに問題が起こり始めていた。

「あぁ、何だか小腹空《す》いちゃったなぁ」

小腹なんて言い回しをしてしまうくらい、姉ちゃんはもっか完全に調子に乗っている。小中高とも皆勤賞で超がつくほど健康な彼女は病人扱いされるのが嬉しいらしく、ここぞとばかりに病人を満喫しているのだ。

「そうだアレ買ってきてよ、プリン」

「もうすぐ夕飯だろ」

「別にプリンじゃお腹いっぱいにならないわよ」

「普段甘いもの食べないくせに」

「いいじゃない、たまには」

「でも」

「いたたたた」

ちょっとでも歯向かうとすぐこれだ。わざとらしく手術跡を押さえて病人のふりをする。ふりと言っても入院しているので病人に間違いないのだが釈然としない。とうに元気を取り戻した彼女と言い争っても勝てる気がしないので、仕方なく売店へと向かった。

大晦日だけあって病院の中は人がまばらだ。すれ違う人も看護師さんや病院に勤めている人ばかり。レジ袋をぶら下げながらゆっくりと廊下を歩く。

プリンがなかったので水羊羹《ようかん》を買ってみた。姉ちゃんのイメージ的にもこっちの方が合っている。きっと文句を言いながらぺろりと平らげてしまうだろう。

彼女が入院してまもなく一週間。普段より一緒にいる時間が長くて話題が尽きかけている。考えてみると、ひとつ屋根の下で暮らしていても二人並んで会話する時間は短い。一緒に炬燵に入りながら片方はスーパーのチラシを眺め、片方は本を読んでいたりする。無言でも間がもってしまうのが家族というものなのだろう。だから、こういう面と向かって会話しなくてはいけない状況はこそばゆい。顔が広いのだから見舞客の一人や二人来ていてもおかしくないのだが、「いい年して盲腸なんて」と姉ちゃんは恥じらい、誰にも入院していることを知らせていない。

仕事が休みに入ったこともあり、俺は毎日お見舞いに訪れている。普段せかせか働いている姉ちゃんは病室でじっとしているのが苦痛らしく、動けるようになってからは頻繁に中庭や食堂へ移動を繰り返している。移動のお供は専《もっぱ》ら編み物。形状から察するに、マフラーを編んでいるようだ。何度も自らの身体に当てつつ巷《ちまた》で流行《はや》っている色をしきりに訊ねてくるところをみると、来年からそのマフラーを巻いて浅野さんに家庭的でハイセンスな自分をアピールするつもりなのかもしれない。

中庭に戻ると、姉ちゃんの隣に脂ぎった顔のおじさんが座っていた。

何やら必死に話しかけている。ぱっと見五十代のその男性は少なめの毛髪を繊細な櫛《くし》さばきでボリューミーに見せているが、それでもまだ禿《は》げている。また商店街の知り合いだろうか。しばらく様子を窺っていると、おじさんの頭が真っ赤になりヒートアップし始めた。興奮した様子で身ぶり手ぶりが大きくなっていく。きっと調子に乗った姉ちゃんが粗相をしでかしたに違いない。恐る恐る近づいてゆくと彼女は俺に向かって軽やかに手を振った。

「やだぁ、遅かったじゃない」

どういうことだろう。

戸惑いつつも水羊羹の入った袋を差し出すと姉ちゃんはその手を握ってきた。咄嗟に振り払おうとしたが凄い力で阻止される。病人とは思えぬパワーで俺を引きよせると、姉ちゃんは甘い声でこう言った。

「これが私のダーリン」

……どういうことなんだろう。

これみよがしに繋いだ手をおじさんに向けながら姉ちゃんは続ける。

「ダーリン、こちらは児玉君」

訳が分からず姉ちゃんを見るが、さっきから一切目が合わない。

「へぇ、あの小野寺がねぇ」

広めの額に汗を浮かべている児玉さんは心底驚いたようで目を見開いたまま俺たちを見比べている。

「こんな若い男を捕まえるなんて、やるねぇ」

「恋愛に年なんて関係ないでしょ」

「いや、そうだけどさ。間違いなく今年一番のニュースだよ」

一層ヒートアップしていく児玉さんを止めてくれたのは看護師さんだった。

薬を飲み忘れていたことを叱られた児玉さんは、口早に「今度色々聞かせてくれよ」と姉ちゃんの肩を叩き去って行く。

彼の姿が見えなくなると、姉ちゃんは振り払うように俺の手を離した。ダッフルコートで手を拭っているその顔は心底安堵したように見える。

「えーと……どういうこと？」

姉ちゃんは、わざとらしく溜息をつきながら答えた。

「女のプライドってやつ？」

「……うん。ごめん、意味がよく分からないんだけど」

「鈍いわねぇ」

今度は自然な溜息をつき、事の経緯を語り始めた。

数分前、児玉さんは煙草を吸いに中庭に現れたのだという。顔を合わせた瞬間、お互い「あぁ」と驚き固まったそうだ。二人は中学の同級生。二十数年ぶりに奇跡の再会を果たし喜んでいたのだが、徐々に雲行きが怪しくなってきたらしい。

「あいつさ、『どうせまだ独り身なんだろ？』とか、勝手に決めつけてくんのよ」

「決めつけって、事実だろ」

「でも明らかに馬鹿にするニュアンスだった」

独身だと決めつけられたことに腹を立て、つい俺が彼氏であると嘘をついてしまったそうだ。

「そんな嘘つくことないのに」

「昔ふられた相手に馬鹿にされるなんて絶対嫌なの」

どきりとした。

ふられた、という言葉に。

姉ちゃんが誰かに告白していたなんて知らなかった。そりゃあ恋の一つや二つしていてもおかしくはないが、やはり姉の口から聞かされると妙な気分になる。

「言っとくけど、昔はあんな頭《あたま》シースルーのおじさんじゃなかったんだからね」

不必要な言い訳をする姉ちゃんをなだめるために水羊羹を手渡すと、案の定文句を言いながらあっという間に完食した。落ち着きを取り戻した姉ちゃんは、また児玉君に会うと面倒だから、今日は帰った方がいいと告げた。

全くもって賛成である。即座に中庭を抜けてロビーへと向かう。一刻も早くこの場から退散しようと急ぎ足になっていく。出口目前のところで、エレベーターのドアが開いた。

結局、まだ病院にいる。

「その時うちの息子が言ったんだよ、パパ、僕あきらめないって。凄いだろ？」

談話室で一緒に過ごすうちに気付いたのだが、児玉さんはかなりおしゃべりな人らしい。

先ほどから、奥さんとの馴れ初めや息子自慢、捨てられていた愛猫との運命的出会いなどを次々と語っていく。姉ちゃんは、愛想笑いを浮かべながらどうにか対応している。

「ごめんなさいね、この人話が長くて」

気を利かせた奥さんが、児玉さんのマシンガントークに終止符を打った。

「いや、どれも楽しいお話で」と、取り繕《つくろ》った姉ちゃんの声は上ずってしまっている。

出口に向かっていた俺はエレベーターから降りてきた児玉さんと奥さんに捕まり、姉ちゃんもろともお茶をすることになってしまったのだ。

奥さんは、姉ちゃんと同じ年くらいなのに随分大人に見える。老けているというわけではないが、大人の女性感が尋常ではない。赤いダッフルコートにおかっぱ頭の姉ちゃんに対して、黒いロングコートに長い髪を一つに束ねている奥さん。もちろん外見のせいだけではないだろうが、マダムオーラが滲み出ている。

さっきから黙りっぱなしの俺に気付いた奥さんは、今度はこちらに声をかけてきた。

「そういえば、まだお名前伺っていませんでしたよね」

小野寺と名乗りそうになり、慌てて言葉を飲み込む。

「あ……浅野です」

姉ちゃんがぎろりと俺を睨む。頭に浮かんだのがその名前だったのだから仕方がない。目でそう訴えるも不服そうだ。

「いいわねぇ、こんな若くて素敵な彼を捕まえるなんて」

「素敵だなんて、そんな」

否定する姉ちゃんの横でどうしていいか分からず頭を掻いた。褒められることに慣れていないのだ。

「二人はどうやって知り合ったわけ？」

児玉さんが体を乗り出して俺達をながめ回す。姉ちゃんは困ったように俺に視線を送ってくる。ここはしっかり話を合わせなくてはいけない。

以前、姉ちゃんが浅野さんについて語っていたことを思い出す。

『最初は何とも思わなかったけど、段々彼に惹かれていった』

そんなことを言っていた気がする。姉ちゃんも実際の浅野さんの話を基にしたほうが話し易いだろう。頭の中でアサノ情報を整理してから語り始める。

「最初は、お互い仕事の取引先の人っていう認識しかなかったんですよ。けど話していくうちに意識するようになって」

「もう、違うでしょ。何言ってるの？」

「へ？」

出鼻を挫《くじ》かれ困惑していると姉ちゃんは照れ臭そうに続けた。

「凄かったじゃない、あなたのアプローチ」

「は？」

「初めて仕事場に来た日から、猛アタックの連続で大変だったんですよ。顔を合わすたびに、連絡先を教えてくれ、デートしようって、迫ってきて。でも、私も遊び半分で恋愛できる年じゃないじゃないですか？　だから最初は断り続けていたんです。そしたらある日、仕事終わりの私の前に急に彼が花束を持って現れて、いかに自分が本気なのか、私への想いを人目も気にせず大声で語りだして。まぁ、それで仕方なくこっちも折れたというか」

これが姉ちゃんの願望なのだろうか……。

その後もすらすらと妄想世界のエピソードを語り続ける彼女。全部嘘だとは知らない児玉夫妻は熱心に耳を傾けている。

「後で聞いたら、一目惚《ぼ》れだったって。ねぇ?」

同意を求められ、仕方なく頷く。

「付き合ってからも、束縛というか嫉妬《しっと》深くって。若い子と付き合うと苦労しちゃいますね」

姉ちゃんの妄想世界は無限に広がってゆく。

児玉さんは「俺も昔は凄いモテたんだ」と、ちょくちょく自慢を挟みながらも姉ちゃんの話を完全に信じている。調子に乗っている姉ちゃんが心から恥ずかしくなってきた。

「あら、そんなに好きな人に出会えるなんて素晴らしいじゃない」

奥さんは、俯く俺を照れていると勘違いしたのだろう。大人の女性らしいフォローを入れてくれたのだが、その優しさに罪悪感を覚えてしまう。言動の全てが、きびきびとしている奥さんは、眩しくて、実のところ一度も上手く目を合わせられていない。はきはきとしたその眩しさは、エアロビクスのインストラクターに抱く印象に似ているかもしれない。

「もしかして、その腕につけてるのも彼のプレゼント？」

奥さんの一言で姉ちゃんの右手に視線が集まった。これ見よがしにブレスレットを児玉夫妻に見せつけながら、はにかんだ笑みを浮かべる。

「えぇ。欲しいなって言ったら彼が」

勿論、真っ赤な嘘だ。彼女の部屋に数多く並ぶパワーストーンの一つである。

「どうして女ってのはこういうのが好きなのかね」

児玉さんがうんざりしたように奥さんと姉ちゃんの顔を見渡す。

「いいじゃない、好きなんだもの」

「こいつも旅行に行くたんびにそういったもん買い集めてくるんだよ。この前のバリもその前のオーストラリアもさ」

さりげなく児玉さんは旅行自慢を始めた。二人はふた月に一度のペースで海外旅行にでかけているそうだ。自慢話によって話題がスムーズに児玉夫妻へと移っていったので、内心では児玉さんに感謝していた。が、しかし、

「いいですねぇ、海外。私達は国内ばっかりで」

姉ちゃんがまたよく分からない嘘をついて話題をこちらに戻してしまった。旅行な

んて、修学旅行以来行っていないはずなのに。ここ最近の遠出といったら花やしきくらいだ。うまく嘘をつき続けられるのだろうか。心がざわめき、姉ちゃんの横顔を見つめた。

「この前も、奄美《あまみ》大島に行ってきたんですよ。その前は北海道だったたっけ？」

だったっけ？　と言われても行っていないので答えられない。

「ほら、いかめし食べたじゃない」

「そうだったたっけ？」

「そうよ、他にも姫路で焼きアナゴ食べたり、島根で出雲そば食べたり」

すらすらとエピソードを重ねているが、内容が食べ物に偏っていることに本人は気づいているのだろうか。奥さんは興味津々といった様子で訊ね続ける。

「あら、いいわね。そば」

「ええ、いいところですよ、島根」

「島根って、ここからだとどのくらいかかるのかしら？」

姉ちゃんの言葉が止まる。

「ちょっと、詳しい時間はアレなんですけど」

「飛行機だったらそれ程かからないんじゃない？」

「いえ、私達は、いつも列車で回っているので」

その言葉でぴんときた。

姉ちゃんはクリスマスにやったテレビゲームの知識をまるで自分が体験したかのように話しているのだ。まさかこんな形であのゲームが役に立つなんて、彼女も予想だにしていなかっただろう。やはりあれは世界一のゲームだ、色々な意味で。だけど、うまいこと話が成立してしまい俺の中の罪悪感はますます膨らんでいく。

突如、児玉さんが感慨深そうに大きく息を吐いた。

「でも、あの小野寺がなぁ」

「もう、何度同じこと言うのよ」

「そりゃ驚くよ。だって三十年近く前のお前しか知らないんだから」

児玉さんは座り直して俺の方を向くと意地悪そうに微笑んだ。

「こいつ、いっつもお重みたいなでっかい弁当箱持っててさぁ」

「やめてよ、恥ずかしい」

「それをからかうと、弟が選んでくれたお弁当箱だから使っているんだとか、変な言い訳してさ。そういや弟さんは元気なの？」

「ええ、まぁ」

当惑気味の姉を助けようと、とりあえず本人ではない体《てい》で発言してみる。

「お姉さん思いの、とっても素敵な弟さんですよ。あんな弟が僕も欲しかったなぁ」

冷ややかな目で俺を見る姉ちゃん。耳たぶがじわじわと熱くなっていくのを感じる。

俺だって好きで己《おのれ》を褒めているわけではない。

だが、自分で聞いてきたくせに児玉さんはそこまで小野寺の弟には興味がないようで、姉ちゃんのエピソードをぺらぺら話し始めた。手先が器用で家庭科の先生に一目置かれていたこと。「下半期ナンバー1」を「下半身ナンバー1」と読んで『女平松』と一時期呼ばれていたこと。中学三年間で背が伸びすぎて体育のジャージがつんつるてんだったことなど、得意げに話してくれたが、どれも知っていることばかりでいまいちリアクションを取りづらい。それに、もっとひどい姉の姿を間近で何度も見てきている。

ふと、学生時代の姉ちゃんが頭の片隅をよぎる。

学校が終わると真っ直ぐ俺を迎えに来ていた姉ちゃん。たまには友達と遊びに行きたかっただろうに、平日だけでなく週末も一日中俺と遊んでくれていた。毎日俺の世話に追われて、青春など味わっている余裕などなかったに違いない。きっと俺が寂しがらないよう、がむしゃらになって母親をやってくれていたのだと思う。

過剰に恥ずかしそうにしている姉ちゃんは、ばんと児玉さんの肩を叩いた。

「もう、マッチったら」

懐かしそうに目を細める児玉さん。

「久しぶりだな、その呼び方」

「え、この人のあだ名ですかそれ？」

不思議そうに訊ねる奥さんに姉ちゃんは素早く手を振る。

「あ、アレですよ。アイドルのあの人に似てるからじゃないんです。コダマッチが省略されていってマッチ。原形がなくなったパターンです」

「あぁ」

皆があだ名話で盛り上がる中、こちらは一人、記憶を遡《さかのぼ》っていた。

マッチというあだ名には聞き覚えがあった。

あれは俺が七歳の頃。

学校からの帰り道、姉ちゃんはよく『マッチ』の話をしていた。授業中にマッチがこんな面白いことを言ったとか、体育で誰よりも足が速かったとか。どこか得意げにいつも話していた。それが子供心にも何となく面白くなかったことは記憶している。

あの日も、俺を自転車の後ろに乗せてマッチの話をしていたような気がする。

だから、俺は人生最大の失敗をしでかしたのだろうか。

どうしてあんな馬鹿な真似をしてしまったのか、今では思い出せない。

いつも通りの学校帰り、夕飯の買い物に向かっていた途中、俺は姉ちゃんの腰に回していた腕を解き、そのまま彼女の目を塞いだ。

あっという間の出来事だった。

驚いた姉ちゃんは急ブレーキをかけ、その衝撃でハンドルを取られる。自転車はガードレールに激突し嫌な衝撃音と共に俺たちは地面に叩きつけられた。

顔を上げた時の光景は今でも鮮明に覚えている。

口元を押さえながら俺の身を案ずる姉ちゃんのその手からは真っ赤な血が垂れていた。俺は、ただただ恐ろしくて「ごめんなさい」を何度も繰り返した。

「ちゃんと、ごめんなさい出来て偉いね」

姉ちゃんは俺の頭を撫でながら無理やり笑顔を作ってみせた。ちらりと見えたその前歯からは大量の血が流れていた。俺は声を上げて泣いた。それを見て姉ちゃんは、「どこ怪我《けが》したの？」と必死に俺の体を調べてまわった。痛い思いをしたのは俺じゃないのに。泣きたかったのは姉ちゃんのはずなのに。

神経が死んで前歯が黒ずんでしまっても、それでも、姉ちゃんは一度も休まずに学校に通った。

だがあの日以来、姉ちゃんはマッチの話をしなくなった。

マッチにふられたのは、歯のせいなのだろうか。姉ちゃんは一度だって、歯のことで俺を責めたことはない。あの独特な笑い方から気にしているのは明らかなのに、いつも明るく振る舞っている。今でも彼女の笑顔を見るたびに深い罪悪感と後悔に襲われる。

談話室に飾られた時計を見て「あらやだ」と奥さんは呟いた。

「そろそろ迎えに行かないと、子供たち」

もっとお話ししていたいんだけどと奥さんは残念そうにバッグを肩にかける。

「色々と面白いお話、ありがとうございました」

児玉さんは再び意地悪そうな笑みを浮かべて、姉ちゃんを小突いた。

「捨てられないように気をつけろよ」

むっとしている姉ちゃんを制して俺は初めて余裕の笑みを浮かべる。

「そんなことは絶対ないです」

姉ちゃんの肩を抱き、ぐっと自分に引き寄せた。

「絶対ないです」

マッチへの対抗心なのか何なのかは分からないが、無意識のうちに大胆な行動に出てしまった。

「あら、いいわね」

奥さんが、固まっている姉ちゃんに羨望《せんぼう》の声をかける。彼女は前歯を気にしながら不自然な笑みを浮かべた。

これで任務終了。肩にまわした腕を外すタイミングが分からず、この体勢のまま児玉夫妻を見送ることになった。

「やるじゃない」

小声で満足そうに呟く姉ちゃん。児玉夫妻は完全に俺たちをカップルだと思い込んだだろう。ちんと、エレベーターが到着する音がした。

安堵の息がこぼれる。めでたしめでたし。二人が乗り込めばお役御免。

ゆっくりとエレベーターのドアが開く。

「あれ？　お前ら何してんの、姉と弟で」

エレベーターから現れた男のトレーナーには〝ヘアサロンＫＡＷＡＤＡ〟とプリントされていた。

どうやら、河田と飲み歩いているうちに、年が変わっていたらしい。

三十路《みそじ》を越えた男二人で年越しとは情けない話である。

まさか、あのタイミングで遭遇するなんて。オヤジさんが胆石で入院していると聞いていたのだが、同じ病院だとは思いもしなかった。

俺達が姉弟であることが露見した直後、姉ちゃんは突如「いたたたた」と傷口を押さえその場から逃げ出した。慌てて病室まで追いかけると「恥をかいたじゃない」と、これ以上ない程の分かり易《やす》い八つ当たりで俺を病院から追い出した。

　児玉夫妻には顔向けできないだろう。もう、姉ちゃんが面と向かってマッチと呼ぶ日は来ないのかもしれない。

「初めて勝ったと思ったね親父に」

　河田は一人で話し続けていたようだ。うわの空だったこちらの反応などお構いなしで、五杯目の焼酎を手に尚も捲し立てている。いつもぐちぐちと不満の多い男だが、今日はやけに機嫌が良く、ぽっちゃりした顔にふくよかな笑みを浮かべ、ぐびぐび酒を進めている。

　何でも、オヤジさんと交わした「一年以内にテレビに出なければ、役者を辞める」という約束を無事に果たしたというのだ。といっても、役者としてドラマデビューを果たした訳ではない。近所で行われたニュースの取材に映りこんだだけなのである。『巨大なカブが大きなハート形に育った驚き』を家庭菜園の前で熱心に語るおばさんの背後で、盛大に自己アピールしたらしい。河田はそれを報告しにオヤジさんの病室を訪ねたそうだ。

「小野寺も見てくれよ、一月三日」

四度目のやり取りだが、新鮮に頷いてみせる。

「どんな方法でも、これで役者を続けられるんだからいいんだよ。……全国放送だし」

自分に言い訳するかのように呟くと、河田はぐいと焼酎を飲み干した。

「ていうかさ、それよりも今日こそ俺が言いたいのは、早く彼女作れってこと」

この男は酔うと必ずこの話題を持ち出してくる。自分には彼女ができないと決めつけている彼は、その分まで友人の俺に期待を寄せてくれているようだ。

「今は仕事に夢中なんだよ。恋愛とか考えられない」

いつもはこう言えば終わらせてくれるのに今日は思惑が外れた。

「いやいやいや、嘘だろ、それ」

グラスを持つ俺の手が、そのままの状態で停止する。赤ら顔ながらも真っ直ぐに俺を見据える河田の視線に思わずたじろぐ。

「本当は、今でも好美ちゃんのこと引きずってんだろ？」

確信に満ち溢れたその言葉に、短く溜息をついて返答する。

ゆっくりとグラスを置きつつ「ばれたか」と呟くことで、この話題の終息を図ったのだ。

「……ばれたか」

河田は、やっぱりなと言わんばかりに頷くと満足そうに焼酎を喉に流してゆく。

また嘘をついてしまった。

好美のことを引きずっているというのは嘘ではない。けれど、俺が恋愛に前向きになれない理由はそれだけではない。

付き合い始めて二年が過ぎた頃から、好美はしきりと「同棲《どうせい》」という言葉を口にするようになった。一人暮らしをしていた彼女は、しきりに自分の家に俺を呼びたがり「このままこの家に住んじゃえば」と何度も選択を迫った。だが、俺はなんとなく気が進まなくてその言葉を聞き流してばかりいた。今となれば、それが悪かったのだと分かる。最初は笑って済ませてくれていた彼女も次第に口調が本気になっていった。

あまりにしつこいので、あの日冗談半分で提案してみた。

「じゃあ、好美がうちに住めばいいだろ」

ちょっとでも笑ってくれるかな。その程度の気持ちで発した言葉なのに、彼女の反応は予想外のものだった。好美の顔からは一気に笑みが消えていった。

「いや、本気にすんなって、冗談冗談」

「うん、分かってる」

そう言いながらも、笑顔が戻る気配はない。黙ったままの彼女を見ていたら、俺は確かめたくなってしまった。

「……え、そんなにうちで暮らすの嫌だった？」

「別にそうじゃないけど」

「……けど、なんだよ」

答える気配もないまま、自分の髪の毛を指に巻きつけては解いてを繰り返す。やがてそれにも飽きたのか彼女は、ふぅと息を吐いてみせた。

「もういい、この話」

冷静さをアピールされたようで、俺の苛立ちは更に大きくなった。

「同棲したいって言ったの、好美だろ」

「……だって、違うじゃん」

「違うってなんだよ」

「もういいよ」

不貞腐《ふてくさ》れた様子でテレビから目を離さない好美の態度も神経に障り、俺はすぐさまテレビを消した。無言で抗議の視線を向けてくる彼女に、どうしても口に出さずにはいられなくなり、ずっと避けていた疑問をぶつけた。

「もしかして……姉ちゃんが嫌なの」

「嫌なんて言ってないでしょ」

「でも、姉ちゃんのいるこの家には住みたくないんだろ？」

意地悪な質問だということは分かっている。同棲するなら、誰だって二人きりのほうが良いに違いない。でも、好美は姉ちゃんと上手くやっていたはずだ。

クッションに顔をうずめ、ほとんど聞き取れない声量で好美は言った。

「このままだとお姉さんの為にもならないし」

「は？」

意味が分からず、つっけんどんな返答をした俺とは対照的に彼女は穏やかな声で話し始めた。

「だってそうでしょ？　いつまでも姉弟一緒にいられる訳じゃないし。お姉さんには一人に慣れてもらわないと」

悲しみと悔しさと申し訳ない気持ちと怒りがない交ぜになって心を襲う。それでも、絞り出すように言葉を発した。

「……姉ちゃんが、ずっと一人って決めつけんなよ」

あんなにも感情に身体が支配されそうになったのは生まれて初めてだった気がする。俺は懸命に自分を落ち着かせて、深呼吸を二度重ねた。

「前にも話したよね？　今まで姉ちゃんには色々世話になってるんだよ。中学ん時からずっと俺の親代わりって言うかさ……。俺食わせる為に、バイト色々したりさ、大学もそのせいで……俺のせいで散々我慢させてるんだよ。だから、まず、姉ちゃんに先に幸せになってもらいたくて」

好美は一度驚いた表情を浮かべてから、すぐに悲しそうに顔を歪めた。

「じゃあ、私はずっと待ってなきゃいけないの？」

「いや、ずっとじゃないって」

「ひどいよ。私だって色々我慢して」

好美は苦しそうに言葉を詰まらせた。一度何かを言おうとして彼女は口をつぐむ。

ゆっくりと間をあけてから再び口を開いた。

「こんな質問するの嫌だけど……私とお姉さん、どっちが大事なの？」

真っ向から俺を見つめ、好美は身じろぎひとつしなくなった。

「…………」

何も答えられず、逃げるように机に置かれたリモコンに視線をずらす。

俺の沈黙が、好美を傷つけていく。

「……ちょっと変だよね。進とお姉さんって」

とても冷たい言葉だと思った。

「普通じゃないっていうか。もう大人なんだし、そんなに気遣わなくても」

好美には、俺が起こした自転車事故の話はしていない。だから、そんな風に思うのはごく自然な感情なのかもしれない。もし、この時全てを伝えていれば彼女はきっと分かってくれただろう。だが、あの瞬間の俺は「姉ちゃんがこの先も一人」だと決めつけられたことがどうしても許せなかった。

「もういいよ。ごめん」

後先考えず、俺は好美の部屋を飛び出していた。

「待ってよ」

引きとめようとする彼女の手を振り払い、そのまま歩き続ける。

背後から好美の声が聞こえたけれど、振り返ることは出来なかった。

こうして、俺と好美は他人に戻っていった。

正直、後悔していないわけではない。でも、好美に告げた言葉は、一時の衝動で口にしたものではなく心から思っていることだ。それを分かってもらえないなら仕方がない。きっとあんなことがなくても、俺たちはそのうち別れる運命にあったのだと思う。

今でも俺は、変わらず姉ちゃんの幸せを一番に望んでいる。

姉ちゃんが幸せになる前に自分が幸せになろうなんて思わない。そんなものは、俺にとって幸せでも何でもない。

久しぶりに飲みすぎてしまい、河田に付き添われて帰宅した。

一応全国ネットなんだからなと、何も言っていないのに反論めいた言葉を残して河田は去って行った。

真っ暗な廊下を通り、冷蔵庫から麦茶のポットを取り出す。だが、中身は空っぽだ。よく見ると冷蔵庫自体にほとんど何も入っていない。ちっとも買い物に行っていないから食料が底をつきかけている。

急に姉の不在を実感した。

柱時計の音とすきま風の音が小野寺家に響く。狭い我が家も姉ちゃんがいないだけでこんなにも広く感じるのか。彼女にしか開けられない雨戸を試しに引いてみる。やはりぴくりとも動かず、諦めて手についた埃《ほこり》を払った。

自室に向かおうと廊下に出ると、赤い光がちかちかと輝いていた。昼間からずっと、留守番電話のメッセージが録音されていることをお知らせしてくれていたのか。急に愛着が湧き、真っ暗闇の中で静かにボタンを押してみる。メッセージは二件。おそらく両方とも姉ちゃんだろう。

一件目は、昼間、風呂掃除の時に掛かってきていたものだった。

予想通り、姉ちゃんの「見舞いに来るのが遅い」というお説教が収録されていた。

姉ちゃんの言葉の途中で録音は切れ、二件目が再生される。

「ピー、ゴゼンレイジロップンデス」

年が明けた直後に何の用だろう。大方「夜遊びしてるんじゃないわよ」なんて小言が入っているに違いない。それとも誰か別の人か？

「……あ、もしもし進？　もう寝てる？」

やっぱり姉ちゃんだ。新年早々の戒め二連発は勘弁していただきたい。聞き流してしまおうとお手洗いに向かう。

「あのさ、マフラーに『進』って編み込もうと思ってるんだけど、ちょっと迷っちゃって」

思ってもみなかった発言に足を止める。自分の為に編んでいると思っていたあれは俺用だったのか。

「明日でいいから教えて。『進』って字は平仮名がいい？　片仮名がいい？」

姉の優しさに触れ、感動にじんわり包まれようと思ったのだが……駄目だ、笑えてきてしまう。何故その二択なんだろう。漢字をどうして除外したのだろう？　ローマ字という選択肢はなかったのか？　いかにも彼女らしい発言ににやにやが止められない。程よく酔いも回り、妙に心地よい。

マフラーの話を早々に切り上げ、姉ちゃんは長々と明日の見舞いに買ってきて欲しい食べ物について熱弁を振るっている。しばらくその伝言に耳を傾けることにするか。

留守電からは、姉の声と共に微かに除夜の鐘が聞こえていた。

第八章　「ごめんね」

『さがね眼鏡店』は、一月三日から営業を始める。

この日は新春セールを開催するのが恒例なのだが、周りのお店のほとんどはシャッターが閉まっていて人通りもあまりない。居たとしても、大半は神社への参拝客。正月からメガネやコンタクトレンズの購買意欲をそそられる人がどれだけ居るのだろうと思いながら、例年通り、九時五十五分に店を開けた。

そして例年通り、自動ドアはぴくりとも動く気配を見せない。

ゆっくりと時間が流れていく。

キューちゃんも「イラッシャイマセ」と美声を披露できず、暇を持て余しているようだ。

人々はこの店が見えていないかのように通り過ぎていく。皆、雨を防ごうと傘に隠れて歩いているから、本当に見えていないのかもしれない。

店内に、ぱつぱつと軒先を叩く雨音だけが響く。

とても静かだ、と思った。雨の音が大きくなればなるほど静けさは増していく。雨の日自体は気が滅入《めい》るのであまり好きではないけれど、その音は別。物音ひとつしない空間よりも、雨音があることで静寂が際立ち心が穏やかになる気がする。特にこのくらいの、小降りすぎず、どしゃ降りすぎない雨の音がしっくりとくる。小さく深呼吸をして雨音のひとつひとつに耳をすましていると、社長に肩を叩かれた。

差し出したその手には、紅白ののし袋。反射的に頰が緩む。

「手伝ってくれる？　これで福袋作ろうと思ってね」

「え？」

お年玉じゃなかったか……。

「ほら、お客さん少ないから何かしら手を打たないと。それに小野寺さん、珍しくぼうっとして暇そうだし」

すぐさま気持ちと面持ちを引き締める。社長の言葉に頷きつつ、一瞬でもお年玉を期待してしまった自分を恥じた。ゆるやかに恥ずかしさが消えてゆくと、次に胸をかすめたのは微かな切なさだった。

もう、誰からもお年玉を貰うことはないのかもしれない。

歳《とし》を重ねるほど、体験出来ることが減ってきている。お年玉を貰うこと。お嬢さんと呼ばれること。叱られること。呼び捨てにされること。面と向かって年齢を聞かれること。そして、誰かを想い、想われること。自分の中で諦めなくてはいけないことが増えていく。それは、肉体の衰えだけでなく、自分という存在が何が出来て何が出来ないのかを知ってしまったからだと思う。自分の身の丈を知るということはひどく残酷だ。だが、生きていく中で容赦なく気付かされてしまう。

……今年の私は陰気臭い。

厚い雲に覆われたこの空模様のせいだけではない。マッチとの再会が尾を引き続け、ささくれのように時折ちくりと胸を刺すのだ。中学時代とはまるで違う容姿だったけれど、彼の笑顔は記憶の底に沈んでいた情景を浮かび上がらせてしまった。

自転車事故の翌日、登校した私の口元を指差し無邪気に笑ったあの表情。

十四歳のあの日から、私は誰かを想い、想われることを諦め始めたのかもしれない。

元々、私はひょろりと背の高い自分を可愛らしくないと思っていたし、のっぺりとしたこの顔も実は苦手だった。そこに加えて前歯がおかしくなったことで、私はそういった感情に背を向けてしまったのだ。幾つになっても「どうせ、こんな私なんて」という感情が心のどこかにこびりついていて剝がれないのだ。この歳になるまでに何度か恋愛はしてきた。お付き合いしたこともあった。されど、いつも数回の電話と食事を終えたところで回れ右をしてしまう。相手に一歩踏み込むことに怖気《おじけ》づいてしまう。この黒い前歯を綺麗なものに変えようと考えたこともあったのだけれど、そんなことをすれば、私の臆病な部分を全部進に押し付けることにならないだろうか。そんなことをすれば、進は全ての原因が自分にあると感じ、苦しんでしまうのではないか。そう思うと出来なかった。今でも弟が自らの過ちを責めていることは感じている。だからこそ、いつの日か自信を持って前に踏み出し、自分の恋を成就させることで進を楽にさせてあげたいとは思っている。歳を重ねるほど可能性が薄くなっているのを感じながら。

暗い気持ちを切り替えたくて、ふうと短く溜息をつき、居住まいを正して福袋を詰め始める。

中身は、色違いのメガネ拭きが三枚。メガネを買いに来る人がいないのに、メガネの関連アイテムが入った福袋を買い求める人はいるのだろうか。少々不安になるが、陰気臭い私とは対照的に、年が明けてもいつもと変わらぬ社長に今日ばかりは頼もしさをおぼえる。

メガネ拭きに手を伸ばすたび、お腹の傷がちりちりと疼《うず》く。この痛みには未だに慣れない。体力もまだ完全には戻っていないようで、今朝《けさ》も自転車での道のりがいつもより遠く感じた。退院した翌日くらいはお休みしてしまおうかとも思ったのだけれど、年末に仕事納めの二日前から欠勤し迷惑をかけてしまった手前、今日は出勤せざるを得なかった。この年齢になって「盲腸で入院」と告げるのが妙に恥ずかしくて欠勤の理由を「風邪をこじらせて」と事実をねじ曲げ伝えてしまったのもよくなかった。その結果、今更本当のことを言えなくなり、こうして傷口の痛みを隠しながら福袋にメガネ拭きを詰めている。社長も千鶴さんも、私のちりちりにまるで気付いていないようだ。案外私は、痛みを隠して生きるのが上手なのかもしれない。

十八個目の福を袋に閉じ込めた時、機械の声が「イラッシャイマセ」と告げた。ドアが開くと、紺色の傘をくるくると手際よく巻き留める浅野さんが立っていた。

思いがけない来訪者に息を呑《の》む。今日は月曜日ではないのに何故だろう。私の心を見透かしたように、肩に残る雨粒を払いながら彼は言った。

「近くまで来たものですから、新年のご挨拶に」

嬉しそうに迎え入れる社長と千鶴さん。丁寧に頭を下げる浅野さんは見慣れないコートを羽織っている。黒に近い深緑が繊細そうな彼の佇まいを一層引き立てて見えた。

今日は逢《あ》えると思っていなかった。ひと目見ることが出来ただけで曇り気味だった気持ちが晴れて、全てが報われた気がする。傷の痛みに耐えつつ、雨の中を合羽《かっぱ》と長靴で身を守り自転車で出勤してきた私の努力が。

ひとしきり社長夫婦と挨拶を交わす浅野さんを鏡越しにちらちらと見つめていると、顔を上げた彼と目が合った。浅野さんは、私が逸らすよりも早く鏡から視線を逸らし、足早にこちらへとやって来る。

「あけましておめでとうございます。今年もよろしくお願いします」

セットになっているその言葉をさらりと告げる浅野さんにどぎまぎしながら頭を下げる。

「あけましておめでとうございます。本年もよろしくお願い致します」

なぜ表現を少し変えてみたのかは自分でも分からない。舞い上がっているのかもしれない。

「初めてですね、そのコート」

やはり舞い上がっているようで、言葉が思わず飛び出した。間を埋めるように、次々と言葉が続く。

「深緑って風水的にもいい色なんですよ。癒しの効果があるって言われてますし、お財布なんかでも、金運が上がるらしいんです、その色」

口早に発せられた私の言葉に、浅野さんは「へえ」とだけ答えると戸惑ったように視線を落とした。

……一歩踏み出したつもりが、踏み込みすぎたのかもしれない。「初めてですね、そのコート」が「私はいつもあなたを見ています」という宣言に受け取られた可能性も否めない。「私はあなたのことなら何でも知っていますよ、ふふふ」にも受け取れる。考えすぎかもしれない。でも、やはり私は自分に自信が持てない。他愛なく笑顔を浮かべることも、自然な感じに相槌を打つこともできない。何の気なしに名前を呼ぶことも躊躇してしまう。そもそも私がそうすることなど誰も求めていないのだと思う。今日は斎藤ちゃんがお休みということもあり、もっと言葉を交わしたかったけれど、もう何を話していいのかも分からない。

再び彼に頭を下げると回れ右をして背を向けた。いつも私がそうしてきたように。

三歩目を踏みだした時、彼の声が背中越しに聞こえた。

「小野寺さん」

「はい？」

振り返り見つめると、なぜか浅野さんは大きく深呼吸をした。そして彼は、秘密を打ち明けるような口調で囁《ささや》いた。

「明日の夜……お時間いただけませんか？」


どうやって待ち合わせ時間や場所を決めたのか、いつ連絡先を交換したのか、はっきりと覚えていない……ということはまったくない。夢心地ではあったけれど、むしろ一瞬一瞬を忘れぬようにはっきり記憶に留めてある。浅野さんの息遣いやシャツを直すしぐさ、新宿駅東口をアルタ口《ぐち》と表現した声、名刺入れがこげ茶色の革製品だったこと、微かに聞こえたキューちゃんの羽音、全てが鮮やかに、あの時の鼓動の高鳴りまでも刻まれている。

携帯電話にはしっかりと浅野さんの電話番号が登録されている。彼の名前をそっと指で撫でてみた。それでも、この現実が未だに信じられない。福袋に詰めるはずだった福を授かりでもしたのだろうか。

あの人に食事に誘われたのだ、二人きりで。

しかも明日は一月四日、私の誕生日。

無論、ただの偶然かもしれない。でも、あの緊張した顔つきからは何か明確な決意が感じられた。浅野さんは誰から誕生日を聞いたんだろう？　千鶴さんか斎藤ちゃんあたりが順当だろうけど、案外お喋りな社長からかもしれない。誰にせよ、心からお礼を言いたい。

自転車を駐輪場に残し、スキップだけで家まで帰りたい気分だ。自然と緩んでしまう顔をマフラーで隠す。生乾きで冷たい長靴も、合羽を通じて感じられる大粒の雨も、今は全て許せてしまう。誰かにこの喜びを伝えたい。だが、悲しいかな頭に浮かぶのは、色褪《あ》せたスウェットを身に纏った黒縁眼鏡の男だけ。さすがに弟に「恋ばな」なんて照れくさい。「恋ばな」という言葉自体こそばゆい。姉の威厳を保つ為に、この気持ちは胸に秘めていた方がよいだろう。そう判断した私は緩みきった頬を叩き、あえて険しい顔を作ってから我が家に足を踏み入れた。

玄関のたたきに、履き古されたスニーカーは見当たらない。どうやらあの男はまだ帰宅していないようだ。緩みたがる頰を解放しつつ急いでお米だけ研いでしまうと、そそくさと自分の部屋に向かう。

明日着ていく服を決めなければならない。いつもは着用しないだけで、私だって華やかで女らしい洋服くらい持っているのだ。派手な柄物のワンピースやピンクのモヘアスカートをとっかえひっかえ体に当ててみる。

「いいじゃん、いいじゃん」

口から飛び出す独り言。学生時代に買ったネックレスなどを引っ張り出しているうちに、重大な過失に気が付いた。仕事帰りに浅野さんと会うということは、彼以外にも勝負感全開の私を目撃されるということ。

きっと、社長や千鶴さんも察知して「今日は何かあるの？」と聞いてくるだろう。そもそも、朝から進が「七五三」だの「ピアノの発表会」だのと、からかってくるに違いないのだ。いつもなら適当にあしらうのだが、明日ばかりは上手くかわせる自信がない。

　結局、いつも通りの地味目な服装に、奮発して購入した紫色のタイツをプラスすることで手を打った。紫は今年一番のラッキーカラーだ。服は決まったけど気持ちは高鳴ったまま。折角だから、服の中身くらいは勝負感全開で行こうかと今度は明日つける下着を選択してみることにした。高校時代、同級生に胸の形が綺麗と言われてから下着だけは良い物を買うことにしている。

「大人の女といえばこれよね。けど、風水的に良くないか」

　残念ながら黒いブラジャーを引き出しに戻す。次に手に取ったのは真っピンク。恋愛運アップにはいいんだけど、派手すぎて浅野さんに引かれちゃうかな……。

　はたと我に返る。

「いや、そんな期待なんてしてないし」

　誰が見ている訳でもないのに、照れ臭くて、思わず持っていたブラジャーで顔を覆い部屋中をうろうろする。そんなことをしている間も、なんだかずっと楽しい。

　次の瞬間、私は現実へと一気に引き戻される。

　ドアの前に進が無表情で立っていたのだ。

　無言で見つめ合う私と弟。

「……別に何もないわよ」

「まだ何も言ってないんだけど」

思わず墓穴を掘ってしまった。言葉を捲し立てて誤魔化すしかない。

「ノックくらいしなさいよ！　常識でしょ常識。大体あんたね」

私の語尾と進の穏やかな声が重なった。

「何？　ワンデーの人と何かあった？」

思わず言葉に詰まる。これだから進は侮れない。

「だから、別に何もないわよ」

妙なところで勘のいい弟など、廊下に押し出してしまおうと試みる。空腹を訴え、夕飯の催促をされても構わず背中を押してゆく。ぷんとお酒の匂いがした。

「やだ、酒くさい。あんたもう飲んでるの？」

「うん。昼過ぎに河田から飲みの誘いがあって、そこからずっとはしごしてた」

「しっかりしなさい。正月だからって浮かれちゃって」

「違うんだよ。あいつ、見てらんないくらい落ち込んでてさ」

辛そうに眉間に皺を寄せ、進は二段ベッドの下段に腰を下ろした。

「全然映ってなかったんだって、ニュース」

「ニュース？」

進によると、事の発端はオヤジさんとの約束らしい。「一年以内のテレビ出演」を果たすために日々苦悩していた河田君は、偶然出くわしたニュースのインタヴューに映り込むという暴挙で「テレビ出演達成」とするつもりでいたらしい。しかし残念なことに、放送された映像は全編家庭菜園に勤《いそ》しむおばさんの顔のアップで、背後にいた河田君の指すら映っていなかったそうだ。

「まぁ、自分にカメラが向いてたら映ってる気になっちゃうかもね」

しみじみと私が呟く。進も同情深くしみじみ頷いた。

「けどさ、結果的に良かったんじゃない？　そんな風にちらっとテレビに映るんじゃなくて、しっかり役者としてドラマに出た方が河田君もオヤジさんもすっきりするでしょ」

「そう言ったよ俺も。でもあいつ、自分のことくらい分かってるって」

「何それ」

「いい加減、自分の限界に気付いてるんだってさ。インタヴューに見切れるくらいしかテレビ出るのは無理だって言ってた」

小さな劇団の売れない役者。今の環境では、おそらく一年以内にドラマに出ることは不可能だと河田君は言い放ったそうだ。十年以上芝居を続けていてもその道で食べていけてはいない。親の脛《すね》をかじり、実家の店を手伝わせてもらってなんとか生活している現状に行き詰まりを感じているらしい。

「この先どうしたらいいのか悩んでたよ、河田。この歳になっても『自分の夢』って免罪符を掲げて突き進んでいいのか。それとも、もう立ち止まるべきなのかな、って」

何の言葉も返せずにいると、進は私に目を向け身を起こす。

「俺もそんな感じ。あいつに何も言ってあげられなかった」

洋服が散乱する室内を見回す進。「ああ、腹減った」と呟き、ぱたんとドアを閉めた。

河田君の言葉が頭を巡る。「進んでいいのか。それとも、立ち止まるべきか」

彼はまだお年玉を貰っているのだろうか。

進んでいいのか。それとも、立ち止まるべきか。

浅野さんからデートに誘われたと伝えたら、進はどんな反応をするんだろう。

結局、明日の下着はコミュニケーション運を高める橙《だいだい》色でいこうと決めた。


翌日の空は、うって変わって晴れ渡っていた。

夜になっても空模様はそのままで、気持ちよさそうに星が輝いている。

すっかり暗くなった街を電車はぐんぐん進む。窓から見える家々の明かりがしゅんしゅんと流れていく。久しぶりに乗った西武新宿線はいつもより明るく感じた。あまり好みではないこげ茶色の座席も今日ばかりは可愛らしく見える。あの人の名刺入れと同じ色だからだろうか。

もうすぐ浅野さんに逢える。

今日ほど仕事が長く感じたことは一度も無かった。待ち侘びた十八時のチャイムを耳にすると即座にタイムカードを押す。いつもなら少し世間話をしてから帰り支度をするのだが、今日ばかりは千鶴さんが洗面所にいる間に声をかけて店を飛び出した。

電車が一駅進む度に腕時計に目を落とす。昼間はあんなに時間の進みがのんびりだったのに、一秒があっという間に過ぎてゆく。秒針の動きと街の景色を交互に見ているうちに、私の体は西武新宿駅へと運ばれていた。

待ち合わせた場所にいきなり向かわず、まずは洗面所に立ち寄る。鏡前に立ち、しげしげと私を見つめた。

ちゃんと、自己ベストは出せているだろうか？

精一杯の努力をすることで自分を安心させたい。今になって焦り出し化粧ポーチをまさぐる。けれど化粧ポーチとは名ばかりで、中身は絆創膏《ばんそうこう》やソーイングセットなどのメイクに関係ないものばかり。何か出来ることはないかと再び鏡に映る私を見つめた。とりあえず、髪の毛を手で撫でつけておかっぱを整える。にかりと笑みを作り、上手く笑えているかの確認も行う。猫背気味な背筋もしゃんと伸ばしてみた。

見た目と共に心も整え、ようやく約束の地へと赴く。二十分も早いけれど、待っている間にもやることは山積みだ。浅野さんの姿を見つけたら何と声を掛けるべきか、隣を歩くべきなのか半歩後ろをついていくべきか、「何が食べたい」と訊かれたら「何でも」と答えるべきか、お酒を飲んだら少し酔ったふりをするべきか。『とるべき行動リスト』を脳内に作成しながら駅ビルの入り口に到着すると、沢山の人で賑《にぎ》わっていた。皆、大切な相手を待っているのか、頬が赤らみ上気して見える。微笑ましくて、思わず目を細めてしまう。周囲の人から見える私もきっと、ああいう顔をしていると思う。

よし、浅野さんの姿を見たら堂々と「今日も寒いですね」と声をかけてみよう、カクテルを飲むことになったら飾りのフルーツは食べずに残すべきだな、と頭の中の『とるべき行動リスト』を一通り消化し終えたら、急に不安な気持ちが押し寄せてきた。もしかしたら、浅野さんは来ないのかもしれない。待ち合わせ時間の大分前なのだから当たり前なのに、一向に現れない彼にはらはらして嫌な汗をじんわりかいてしまう。幸運の紫タイツも汗ばんで足にぺたりとへばり付き不安を増幅させていく。心なしか髪型も乱れてきた気がする。居ても立ってもいられなくなり、もう一度洗面所に足を運ぼうと踏み出した私の横に、いつの間にか浅野さんが立っていた。

「あれ、随分早いですね」

声も出せず、慌てて小さく会釈をする。いきなり『取るべき行動』ではない行動をしてしまった。

「もしかして結構待ちました？」

「いいえ、今来たところですから」

いいえ、今来たところですから。まさか、こんなお定まりな回答を自分がしてしまうなんて。想定外の行いの連続に一人照れながら、目の前の彼を盗み見る。さがね眼鏡店以外で見る浅野さんは、気のせいかいつもより素敵だ。洋服の着こなし方も整えられた髪型もいつもよりキマって見える。折角はらはらが収まったのに、結局じんわりと手の平に汗をかいてしまい、コートのポケットでこっそり拭う。

「じゃあ、ちょっといいですか？　行きたいお店があるんです」

はっきりとはにかんでから浅野さんは歩き始めた。どうやら彼も緊張しているようだ。会話もなく数十メートル進んだところで「今日も寒いですね」と声をかけてくれた。大きく頷くことしか出来なかったが、同じ言葉をかけようとしていた自分に嬉しくなる。

彼に案内されて訪れたのは、裏道を入ったところにぽつんと店を構えるインテリアショップだった。色とりどりの可愛い雑貨が並んでいる。

どうして私の趣味が分かったのだろう。花柄のエプロンを手に取り、思わずうっとりする。地元のスーパーとは違う、柔らかい光と匂いに包まれた店内。

それは、学生時代、図書館で思いを馳せた風景に似ていた。今になって思えば、料理本の棚の前で飽きることなくページをめくり続けたのは、世界各国の御馳走《ごちそう》を眺めたかったからではなかったのかもしれない。料理の写真に写りこんでいる、温かな空気に触れていたかったのだと思う。こういうお店が今でも大好きなはずなのに足が遠のいていたのは、きっと、夫も子供も彼氏もいない私には店に入る大義名分がないと感じていたから。考え過ぎなのかもしれないけど、店員や他の客の視線を受けるたびに体がひりひりしてしまう。

「小野寺さん、どれが可愛いと思います？」

浅野さんは、間接照明のコーナーを見回して訊ねる。私が手に持った商品をじっと見つめる眼差しに、彼が発しているメッセージを理解した。

私の反応を確かめているのだ、どれをプレゼントしたら喜ぶかを知る為に。

はしゃぐ気持ちを抑え悠然と雑貨を見回す。さりげなく気になる商品に一つ一つ触れていく、がめつさが出ないように注意しながら。どれをプレゼントしてもらおうか……。このボウルのセットが欲しいけれど、お任せして選んで貰った方が嬉しい。浅野さんが、ピンクの置時計を持ってこちらに歩いてくる。確かに可愛いけど、ちょっと私にはラブリーすぎる。でも、私がそんな風に映っているならば、どうぞそのままのイメージを抱いていていただきたい。

「あの、小野寺さん」

緊張した顔つきで浅野さんが私を呼んだ。

「あ、はい……」

いつもより浅野さんとの距離が近い。彼の体温を感じて、心臓が暴れ始める。

次の言葉に期待を抱き彼を見つめると、嬉しそうな声で浅野さんは告げた。

「運気が上がるやつで、女の子が好きそうな雑貨ってどれですかね？」

脳内で再生されていた幸せいっぱいのＢＧＭのせいで、一瞬彼の言葉が何を意味するのか理解出来なかった。

「……実は僕プレゼントしたい人がいて。それで小野寺さんに是非アドバイスをいただきたいと思いまして」

頬を紅潮させながら笑う彼。

「変なお願いしちゃってすみません。全然わからないんですよね、こういうの。それで小野寺さん昨日、風水にお詳しそうなこと仰っていたので。女性はみんなそういうの好きなのかなと思いまして」

浅野さんがいつもより素敵に見えた理由がはっきり分かった。

彼は今、恋をしているのだ。

浅野さんは訊ねてもいないのに、恋に落ちたきっかけについて話し出す。彼女の笑顔が可愛らしいとか一緒にいると落ち着くのだとか、平凡だけど、いかにも男の人らしい恋愛トーク。そして彼は、斎藤ちゃんに似合うプレゼントを選んで欲しいと私に告げた。

もうじき来る彼女の誕生日にプレゼントを渡そうと思っていること。その時に想いを伝えようと思っていること。一つ一つ、幸せそうに浅野さんは伝えてくれる。

耳を塞ぐ勇気がない私は、ピンクの置時計の秒針に全神経を集中させた。

その一秒はとても長く思えた。


すぐにでも逃げ出してしまいたかったけれど、お礼をしたいという浅野さんのお誘いを断りきれなかった。あまりに強く拒否することのほうが無様だと思ったから。

「何を食べたいか」を聞かれることなく向かったお店は、一人では絶対入ることのないようなお洒落な洋食屋さんだった。笑顔を保つことに必死で、ろくに味も感じることなくお開きとなる。店を出たところで「駅まで一緒に」というお誘いを「ぶらぶらして行きたいので」と断り、彼と別れた。私の痛みは上手に隠せたと思う。

浅野さんの姿が見えなくなった瞬間、つんと鼻の奥が痛み始めた。

ぐっと顔に力を入れていないと涙が溢れ出そうになる。

私も河田君と同じだった。

こちらにカメラが向いていると思い込み、一人で舞い上がっていただけ。浅野さんが見つめていたのは、私の手前にいた斎藤ちゃん。私など彼の視界に映り込んでいなかった。ちょっと考えれば分かるはずなのに微塵も気づくことなく、よりよく映ろうと滑稽な動きをしていた。

馬鹿みたい……。

自然と苦笑が漏れて、こんな時でも笑えるんだと感心してしまう。

駅まで歩く気力が湧かず、タクシーを拾おうと手を上げる。この自由の女神のポーズが目に入らないわけがないのに私を無視するように何台も通り過ぎていく。タクシーにすら嫌われたのかと危うく涙がこぼれそうになった。

必死に目を見開く。まだ泣かない。

ようやく一台のタクシーが止まった時には、目と鼻の先に駅へと続く階段が見えていた。電車に乗った方が早いかもしれないけれど、これでいいのだ。今は、気丈に大人の女性らしく帰宅することが大事なのだ。

タクシーの窓越しに家族連れやカップルの姿が流れてゆく。眩しいばかりの笑みを浮かべる彼らをぼんやりと眺めているうちに、焦点がずれて窓ガラスに一人の女が浮かび上がる。

なんて顔をしているんだろう。

戻れるならば一日前に戻って浮かれている自分に伝えたい。「立ち止まるべきだ」と。そうすれば、こんな惨めな思いをしなくて済んだのに。もうしばらく、浅野さんへの淡い想いを持ち続けることができたのに。窓に映る私の顔が一瞬歪んだ。

こんな時は平松先生だ。

必死に先生の言い間違えを思い出そうとするも、浮かんで来るのは浅野さんの顔ばかり。さがね眼鏡店で見る時とは違う、ネクタイを緩めたりして、どこか気の抜けた雰囲気の彼。初めてありのままの浅野さんに会えた気がした。だけど私があの浅野さんに会うことはもう二度とない。一歩踏み込むのを許されたのは斎藤ちゃんなのだ。

鼻の奥がじんと痛む。

どうして今日は雨じゃないんだろう。この瞬間、ざぁざぁと降り注ぐ雨音を聞いていたかったのに。

タクシーは、運転手が最後の粘りを見せたお蔭《かげ》でメーターが一つ上がってから停車した。それでも涙は流さない。あと少し、あと少し、と自分を誤魔化しながらようやく我が家に辿り着く。

どの部屋も真っ暗で、進は帰っていないようだ。今日は進の会社の仕事始め。業務が長引いているのか、それとも飲みにでも行ってしまったのだろうか。ポケットから鍵を取り出し玄関を開ける。暗がりの中、そのまま勢いよくブーツのファスナーを下ろした。

「あ」

違和感を覚えてふくらはぎを触る。お気に入りだった紫色のタイツが、ファスナーに巻き込まれ、派手に伝線している。どうして私はこうなんだろう。でも泣かない。

タイツを脱ぎながら家に上がるとそのまま二階へと急ぐ。このまま布団に潜り込めば、またいつもの朝がくる。

自分の部屋に入り、思いっきり息を吸い込む。嗅ぎ慣れたいつもの匂いで体を満たしたかった。電気はつけたくない。コートを脱ぎ捨て、手の中で丸まったタイツを放るとごみ箱にぶつかり床を転がった。布団まではあと数歩。あと数歩で今日を終えることができる。そう思って布団に手をかけたのに、出窓に置かれた鉢植えを見た途端、私は身動きが取れなくなった。

暗闇に浮かび上がる白い花。ワイルドストロベリーの小さな花が月夜に照らされていた。

ようやく咲いてくれたんだ。

健気《けなげ》に咲き誇るその姿に微かに笑みを浮かべた瞬間、我慢していたものが一気に溢れ出た。

喉がぎゅうと詰まって、涙がぽたぽたこぼれ出す。

静寂に雨音があることで静けさが際立つように、ワイルドストロベリーの花が咲いた喜びが私の悲しみを際立たせた。もう堪えることなど出来ない。

どうして口から洩れる嗚咽《おえつ》はこんなにも醜く聞こえるのだろう。息が苦しくなって鼻をすする。喉に嫌な苦みが広がっていく。うまく唾が飲み込めない。こんなに目をこすったら明日腫れてしまうだろうけどそんなこと構わない。

誕生日に食事に誘われたら、その気になって当然じゃないか。

思わせぶりな態度をとった浅野さんを責めようとしてみる。でも、ちっともできなかった。彼にとって私は最初から恋愛対象ではないのだ。そんなことは分かっていたはずなのに。誤解することなく慎重に生きてきたはずなのに。

冷静になろうとしても、涙は止まる気配がなく嗚咽は大きくなっていく。

誰に聞かれるわけでもないのだから、こんな時くらい、斎藤ちゃんに悪態でもついてやればいいのに、何を考えても彼女の良いところが頭に浮かんでしまう。ちょっと無愛想なところはあるものの、決して悪い子ではない。だらだらしながらも、最終的にはきちんと仕事はするし、ボディコンをファミコン的なものだと思っていたユニークさも兼ね備えている。

斎藤ちゃんなら、堂々と浅野さんの隣に並んでいられるはずだ。私なんかより、ずっと。

涙に濡れた頬をごしごしと手でこする。まだまだ涙は止まらない。

今日さえなければ、浅野さんへの想いは勘違いだったと自分に言い訳することもできたのに。さっきまでの夢のようなひとときが、しっかりと胸に刻まれてしまって、この失恋を真っ向から受け止めることしかできない。何も始まっていない恋でも、それが破れれば一人前に傷ついて、ちゃんと胸が痛い。

私、浅野さんが好きだったんだな。

丸められたティッシュがゴミ箱から外れて散乱している。いつの間にこんなに鼻をかみ、涙を拭ったのだろう。泣きすぎて、体がだるい。

このまま寝てしまおう。

でも実は今、ものすごくお腹が空いている気がする。考えてみたら、さっきのお店でも緊張してあまり食べていなかった。それに、そろそろ進が帰って来る。人づきあいの苦手なあの子のことだ、きっと飲みに行かずに帰ってくるに違いない。

腫れぼったくなった顔を洗って夕飯の支度を始める。冷凍のご飯がなかったので、急いでお米を研いでいると、しゃらしゃらと玉のれんの音がした。

わざと猫背気味にして、いつも通りの私を作る。

「腹減った」

台所にやってきた進も、まさにいつも通りだった。これといって誕生日プレゼントを用意している気配もない。『姉思いの弟』をちょっと期待してしまった自分を心の中で責めながらお米をかき回す。

「今作るから、ちょっと待ってて」

出来るだけ澄ました顔を保って「早く着替えてらっしゃい」と目を向けると、弟はいつになく真剣な顔つきでこちらを見つめていた。

「……何かあった？」

昨晩と同じ弟の質問に、聞こえないふりをすることしかできなかった。

言葉にしたら私は可哀想な女になってしまう。自分の中に残っていた女としてのプライドに驚き、私はとぎ汁をシンクに流した。

それ以上、弟は何があったのか訊ねはしない。

なんとなく感じ取ってしまったのかもしれない。浅野さんと何かあったということも、その何かのせいで私が無言でお米を研ぎ続けていることも。

進は何度か頭を掻きむしると、「姉ちゃん、これ」とごそごそ封筒を取り出した。

お米を研いでいるのだ、受け取れないのは見れば分かるのに。

「そこ置いておいて」

不服そうに少し口をすぼめ、進は封筒をそのままエプロンのポケットにねじ込んできた。

「もう、何なのよ？」

思わず尖った声を出す。今は進が時折見せるお茶目さに付き合えるほどの余裕はない。仕方なく私はエプロンで青白く冷え切った手を拭いポケットを確認する。封筒は思ったより分厚かった。

戸惑いながらも封筒を開けると、そこにはお金が入っていた。

「……誕生日プレゼント」

進は「腹減った」と同じ口調でそう告げた。

プレゼントを買う時間がなかったからなのか、それとも何か仕掛けがあるのか。いくら見回してみてもやっぱり何の変哲もない封筒だった。

進は口を開かず、私をじっと見つめている。

「……それで作りなよ、歯」

驚いて顔を上げると、もう視線は外されていた。

封筒の中身を見直すとそれは全て千円札だった。ずぼらな進がこつこつと貯めていた畳のお金は、炊飯器を買う為ではなく私に向けられたものだった。

台所を静寂が包む。

私はゆっくりと進を見つめた。

弟は照れ臭そうに俯いたままだ。

一体、進は何を買うのを我慢して畳に千円を並べ続けたんだろう。へんなおまけがついたジュースだろうか？　期間限定と銘打たれたスナック菓子だろうか？

もう一度千円札を見つめてみる。

ふとコンビニのお菓子の前で購売意欲を抑制するべく唸っている進の姿が浮かんできて、気が付くと私は声を出して笑っていた。

「ちょっと、何だよ」

「ううん、別に」

必死に口角を下げようと努めるが、どうしても上がってきてしまう。

「ちょっと、笑うなよ」

そう言いながら進も笑っている。

また笑いがこみ上げてきた。

「大体あんたね、プレゼントに現金って……」

二人で歯を見せながら、げらげらと笑う。こんな風に大口を開けて笑うのは久しぶりな気がした。

笑い声と一緒にすっと体が軽くなっていくようだ。文字通り私に歯止めをかけていた忌々しい存在に、今日ばかりは感謝したくなってしまう。何度か目頭が熱くなったが不思議と涙は出なかった。

前を向いては行く手に何かあるたびに回れ右をして同じ場所をくるくる回ってばかりいる私の背中を、進がぽんと押してくれたような気がする。ほんのちょっとだけだけど。

「進」

「ん？」

「ごめんね。……姉ちゃんふられちゃった」

進は一瞬固まったが、すぐに「何言ってんだよ」といつもの顔に戻る。

「……風呂洗ってくる」

「ありがとう」を告げようとすると、逃げるように出て行った。

やはり進は『出来の悪い弟』だ。お礼くらいゆっくり言わせてくれてもいいのに。

進の背中が見えなくなる頃には、陰気臭い中年女も、失恋に苦しむ乙女も、どこかへ消えてしまっている。

いつの間にか、私は小野寺の姉ちゃんに戻っていた。

テレビのリモコンを手に取り、気持ちと一緒にスイッチをオンにする。湿っぽかった家の中に賑やかな空気が広がってゆく。

目一杯その空気を吸い込んでいると見慣れた顔が飛び込んできた。

「ハート形のカブ」についてインタヴューを受ける女性の背後に、カメラに映ろうと懸命に両手を振る河田君がいた。おそらく彼が確認したテレビ局とは別の局が撮影した映像なのだろう。主役ではなかったけれど、彼の姿は確かにそこにあった。

明日の朝、河田君に伝えてあげよう。

自分が気付いていないだけで、誰かの目には映っているのかもしれない。

「つめたっ」

お風呂場から進の情けない声が響いてきた。またカランとシャワーの切り替えを忘れて真水を浴びたに違いない。

相変わらずな弟に苦笑しながら、彼から貰った「お年玉」をじっと眺めてみる。

茶色いその封筒をどこに仕舞うか悩んだ末、とりあえず冷蔵庫に貼っておくことにした。彼が戻ってきたら文句を言われそうだが、ここならどこに置いたか絶対忘れない。まだオムツが外れていない頃に進が初めて描いてくれた私の顔も、銅賞をとった書き初めも、大切なものはいつもこうやって私は冷蔵庫に貼って、気が済むまで眺めていた。緑色のクレヨンで力強く描かれた私の似顔絵の時のように、このよれよれの茶封筒を見ても、感じることは同じく「あいつ、大きくなっちゃって」なのだから笑ってしまう。

チラシの横にちょこんと貼りつけた封筒を、一度撫でてから冷蔵庫を開ける。

買い物に出ていないから、まずは食材を確認しないと。しらたき、お豆腐、牛肉もあるか。野菜室を覗くと白菜も葱も残っている。

久しぶりに今日は、すき焼きにしようと思う。

この作品は二〇一二年二月リンダパブリッシャーズより刊行されたものです。

幻冬舎文庫

●最新刊
舞妓はレディ
周防正行
白石まみ

「舞妓になりたい！」。京都の花街に、鹿児島弁と津軽弁の少女がやってきた。風変わりな大学教授の計らいで舞妓見習いになった彼女だが……。豪華絢爛に描く舞妓エンターテインメント小説！

●好評既刊
青天の霹靂
劇団ひとり

十七年間、場末のマジックバーから抜け出せない晴夫。テレビ番組のオーディションで少しだけ希望を抱くが、一本の電話で晴夫の運命が、大きく舵を切る。人生の奇跡を瑞々しく描く長編小説。

●好評既刊
ぼくたちの家族
早見和真

家族の気持ちがバラバラな若菜家。母の脳にガンが見つかり、父や息子は狼狽しつつも動き出すが……。近くにいながら最悪の事態でも救ってくれない人って何？　家族の存在意義を問う傑作長編。

●好評既刊
虹の岬の喫茶店
森沢明夫

小さな岬の先端にある喫茶店。美味しいコーヒーとともにお客さんに合った音楽を選曲してくれるおばあさんがいた。心に傷を抱えた人々は、その店との出逢いによって生まれ変わる。

●好評既刊
誰にもあげない
山岸きくみ

恋人の女優、後藤美雪の推薦で主役を射止めたにもかかわらず、共演女優と浮気を繰り返す長谷川浩介。美雪は嫉妬や疑心を募らせるが――。喰われているのは女か男か。映画「喰女」原作。

小野寺《おのでら》の弟《おとうと》・小野寺《おのでら》の姉《あね》

西田征史《にしだまさふみ》

平成26年9月25日　初版発行

発行人――石原正康
編集人――永島賞二
発行所――株式会社幻冬舎
〒151-0051東京都渋谷区千駄ヶ谷4-9-7
電話　03(5411)6222(営業)
　　　03(5411)6211(編集)
振替00120-8-767643

印刷・製本―中央精版印刷株式会社

装丁者――高橋雅之

幻冬舎文庫

ISBN978-4-344-42251-3　C0193　　に-19-1